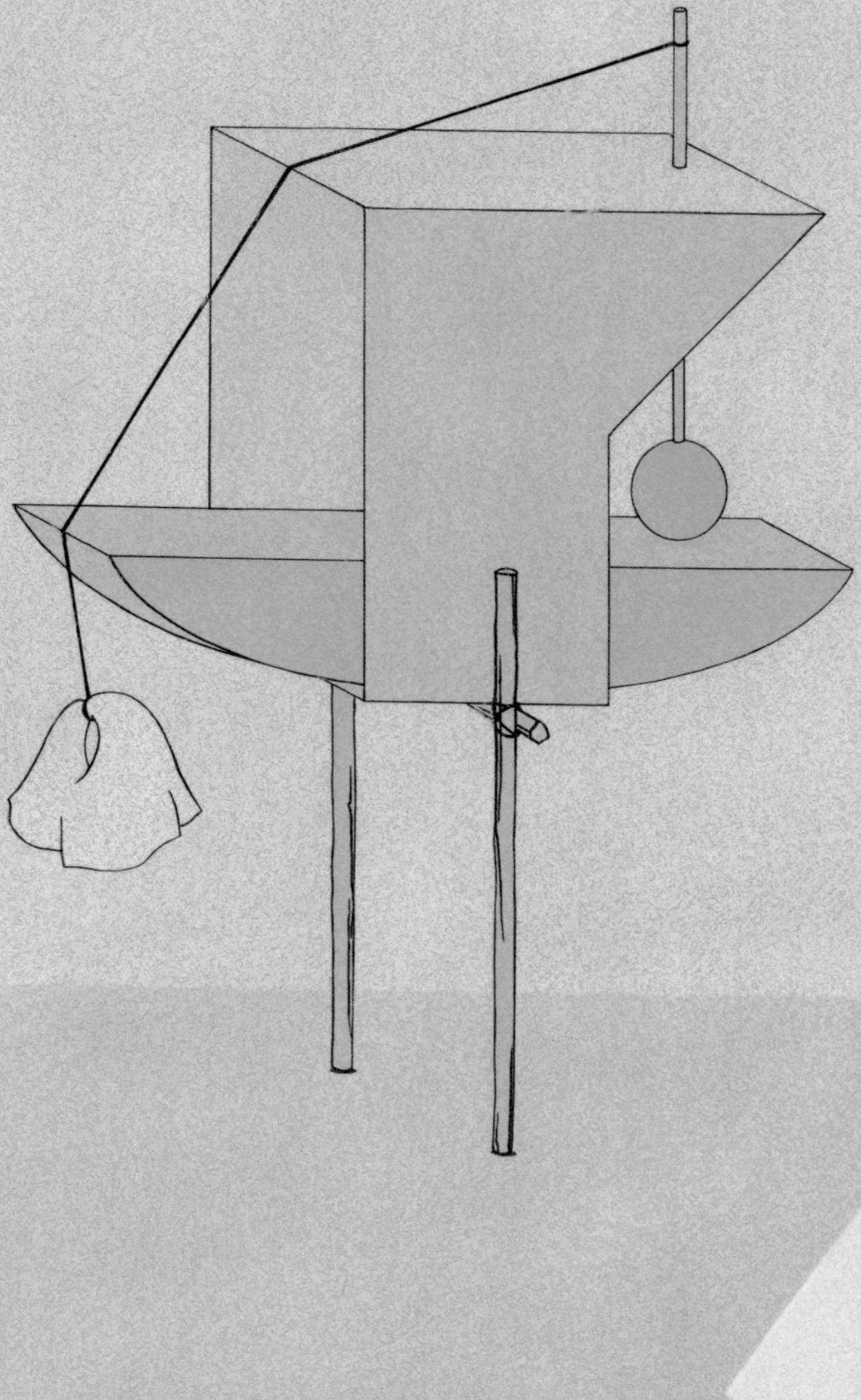

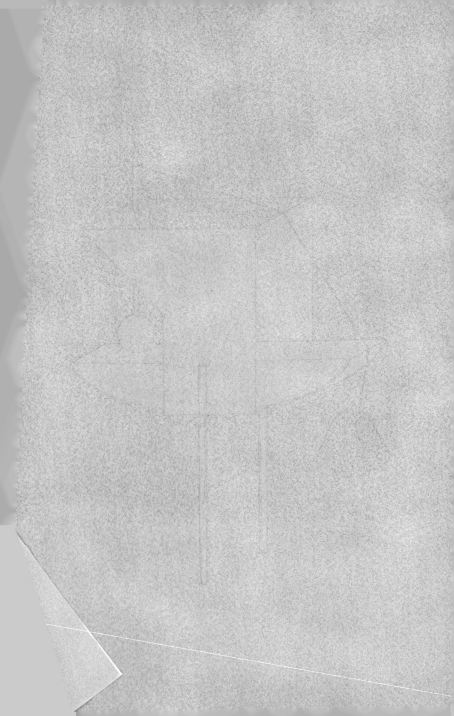

御社のチャラ男

絲山秋子

講談社

目次

装画　カワイハルナ
撮影　福田秀世
デザイン　祖父江慎＋藤井瑶（コズフィッシュ）

御社のチャラ男

当社のチャラ男

岡野繁夫（32歳）による

ジョルジュ食品の岡野繁夫と申します。文字通り油を売って生きております。最近の当社一番の売れ筋はこちら。オメガ6とオメガ3の理想のバランスを実現したヘンプオイルでございます。チアシードオイルやフラックスシードオイルもアンチエイジング効果が高いと話題になっておりまして、大変に人気の高い商品です。またエキストラ・ヴァージンオリーブオイルはギリシア・レスボス島産のオリーブからコールドエクストラクション製法で抽出した最高級品でございまして「爽やかでフルーティな風味がたまらない！」と評判です。

お酢も扱っております。ダイエットや高血圧にはポルトガル直輸入のワインビネガー、冷え性や疲労回復にはざくろやチェリーなどのフルーツビネガー。いずれも美容と健康に効果の高い商品ばかりです。

今後は当社の強みを生かしたオーガニックハーブのドレッシングやハーブソルトなどの分野に注力していきたいということで、現在プロジェクトを鋭意推進中でございまして、おそらく来年度には具体的な商品のご提案ができるのではないかと。小さな会社ではございますが、お客様の笑顔とやさしい暮らしを、しっかりと丁寧にサポートして参ります。

スーパーの売り場で流れている口上にそのまま使えそうな能書きを作るのは三芳部長が得意なのだ。俺は暗記してるだけ。油と酢があるからドレッシングなんて中学生みたいな思いつきだが、当社はほぼほぼそういった思いつきで経営されている。

営業という仕事は外に出てしまえば気が楽だ。自由とまでは言わないが、外でやることはあらかた決まっている。出かけてしまってから「今日はどうしよう」などと惑うことはない。「いい年した男が昼間から一人でうろうろしていて」などと恥じることもない。スーツを着てビジネスバッグと名刺を持ち、会社のペーパーバッグをぶらさげている俺は誰が見たってそういう役割の人間であり、むさくるしいとか怖いとか場違いとか言われる筋合いはないのだ。だから女子高生やカップルや子供連れに変な目で見られないかなどとびくびくする必要もない。

営業という仕事は売れたらやっぱり面白いし、売れなければ悔しいが、むしろ燃えてくる。ゲームみたいだ。お客がクレームで怒ったり、商品に文句を言ったりするのは実在する商品をめぐるストーリーに即した発言をしているだけだ。関係のないことで俺に文句を言う人はいないし、俺という人間が攻撃されているわけではない。きっついなあと思うときもあるが、相手も俺もルールに則《のっと》って役割通りにふるまっている。お客が偉いわけでもこちらが卑しいわけでもない。正義のために闘っているわけではないし、殺されたり怪我をしたりすることもない。関係性が入れ替わったり曖昧になったりすることもない。

商品には存在する意味がある。たとえそれが草の種を潰して適当な液体で薄めたものだとしてもだ。固有の品名と分類のための品番があり、それぞれに原価がある。注文ロットやキャンペーンによって値引き率は変わる。その調整や納品の場面でいろいろなことが起きるというだけだ。想定外のことが次々に起きるので、わりに飽きない。

物事が整然としていることはありがたい。人間は任意の点Pみたいに不規則に動いているわけではない。営業先には決まった人間しか存在しない。曜日によって名前が変わるわけでもない。A社に行ったら理由もなくB社の人が働いていたなんてことはない。ドラッグストアに行ったのに今日はカフェやってます、なんてこともない。「ジョルジュ食品です」と言って訪ねて行った先なのに「カットとパーマをお願いしたいんですけど」なんて言われることはない。駅前でばったり会った人みたいに名前が思い出せなくて冷や汗をかく必要もない。こういうことを真面目に言うと皆に笑われるのだけどこの世の中で、仕事の周辺だけでもまっとうに動いているということは、俺にとっては大きな救いだ。

それに比べて社内というのはどこから弾《たま》が飛んでくるかわからない。社長に「ちょっと」と言われれば何のことかと震え上がるし、部長が難しい言葉を羅列していれば頭がぼんやりしてしまう。上司や先輩はどうでもいいようなことのやり直しを命じるし、総務は後回しにしている書類を催促してくる。新人に至っては何を訊いてくるのか見当もつかない。昼飯とか飲み会になるとさらにハードルが上がる。誰が何を話し始めるのかまるっきり読めない。

要領の悪い俺はとやかく言われないために売上だけは死守している。余計なことは言わないように、にやにや笑ったりもしないようにしている。ガタイがでかくて見てくれが怖いらしいので、どうか皆さんそのままで！　その距離をキープ！　と願っている。意外と可愛いとか優しいとか言われてもどう返していいかわからなくて困惑するのだ。からかったり冷やかしたりしないでくださいと思う。

俺はまっとうに働いて、仕事が終われば直ちに家に帰りたい、ただそれだけなんです。つまらない男だと言われるでしょうけれど、俺に面白さを求めないでください。どうかどうか放って置いてください。

俺はいつもそう思っている。

＊　＊　＊

その日の最後の訪問先を出て営業車のエンジンをかけたとき、つけっぱなしのラジオから、第二放送の気象通報が流れていれば四時。早すぎるしもう一軒サンプルでも置きに行くかどこかでコーヒーでも一杯飲もうかなと思う。株式市況が流れていれば五時。これから会社に戻って残業せずに帰れたらいいなと思う。ハングル講座ならもう真っ暗だし基礎英語なら終わったと思う。今日は英語だった。

事務所に戻って来ると、接客スペースで佐久間さんと一色さんががっくりきていた。このお姉さんたちは暇さえあれば身を寄せ合ってがっくりきている。

「お疲れ様です」と言って通り過ぎようとすると、

「岡野さん、えらいことになりました」

と引き留められた。

「また誰か辞めるんですか」

俺は言った。

「まあいなくなるという意味では、そうね」

佐久間さんが力の抜けた顔で言った。

当社では人員が常に不足している。メンタルを病む人もいれば産休を取る人もいる。突然辞める人もいる。誰がいなくなっても補充はなくて、欠員のまま仕事だけが増える。それでいて不思議なことに給料は上がらない。人と金はいつだって足りない。でたらめだと思う。辞めた人ではなくて会社がいかれている。俺にとってはなにもかもが唐突で、どうしてそうなったのかはわからない。それを追いかける余裕もない。

「山田さんがさ」

一色さんが芝居がかった調子で言った。

「逮捕されたらしいの」

「窃盗で」

すかさず佐久間さんが補足した。

「そんな人だとは思わなかったでしょ？」

「前科もあったみたい」

俺は「ああ」と言った。やってしまったかと思った。

「なに？　岡野さん知ってたの？」

「いえ、びっくりしました」

本当はびっくりしていない。いつだったか電車が止まって帰れなくなったとき、山田さんと中華を食べに行った。それで、ちょっと飲んで打ち解けた話をした。若い頃遊んだ話とか、離婚の危機があったこととか、娘が可愛いとかそういう話だ。そのときに、ちらっと聞いた。

「ここ三年間なんとか止めていて、やっと克服できたような気がすることがあるんです」

なにかは聞かなかったが、表で言えないことなんだろうなと思った。それでこんな、いい大学を出て大企業にいたような人が当社に流れてきたのかと思った。

「大変だったんですね」と俺は言った。克服できたならそれ以上知る必要もないと思った。しかし、やってしまったか。窃盗癖だったのか。

社長は警察に行ったという。三芳部長はとっくに帰った。そりゃそうだ、あの人が夜まで会社にいることなんかない。

俺も帰ることにした。

地方都市のいいところで通勤時間は約三十分。電車なら十分乗って十分歩く。バスなら二十分乗って五分歩く。実家なので両親と犬と猫が住んでいる。犬の世話と消防団、町内会のお手伝いは俺が担当している。食事の仕度は母がメインだけど、たまに俺も引き受けるし、学生時代は下宿してたから家のことがまるっきりできないというわけではない。昔だったら、あるいは都会だったらいい年して親と一緒に住んでどうのって言われたかもしれないけれど、同世代の知り合いでも実家住みは多いし、わりとふつうなんじゃないかと思う。

彼女はいないけれど一度もつき合ったことがないわけじゃない。今すぐに結婚する予定はないけれど、しないと決めたこともない。このままだとできない可能性の方が高いなとも思っていて、しかしそれって問題か、という程度の意識である。なにぶん今の会社じゃブラックすぎて家族を養うなんて無理だ。転職しないとだ。


三芳部長のことをチャラ男と名付けたのは、山田さんだった。

「チャラ男さんですよね、あのひとは」

山田さんは柔らかい声でそう言って笑った。それ以来、うっかり口に出して言わないように気をつけているが脳内では必ず「チャラ男」と呼んでいるし、顔を見ただけで笑いがこみあげてくる。

「チャラ男って本当にどこにでもいるんです。わたしもいろんな仕事してきましたけれど、どこに行ってもクローンみたいにそっくりなのがいます」

「さすがにクローンってことはないでしょ」

と言ったのだが、

「ほぼ同じです」と断言した。「外資系でも公務員でもチャラ男はいます。士業だって同じです。一定の確率で必ずいるんです。人間国宝にだっているでしょう。関東軍にだっていたに違いありません」

どういう脈絡で人間国宝や関東軍が出てくるのかさっぱりわからないが、俺は笑った。

警察にもいるのだろうか。三芳部長みたいな男が。拘置所にも裁判官にも刑務官にもいるのか、チャラ男が。そんなこと笑って話せる日はもう来ないかもしれないけれど。

三芳部長が入社したのは四、五年前のことだ。まだ四十代になったばかりで、社長の知り合いの息子かなにか、詳しいことは知らないけれどヘッドハントされて、来たその日から部長である。横並び一線で実績を積み上げるというよりトップに引き立てられて出世するタイプなのだ。ここに来る前は東京のクラウドソーシングの会社にいて、その前はアメリカにいたそうである。アメリカはどこだったか忘れたが西海岸っぽかった。東京では恵比寿に住んでいたと言う。俺のまわりにはそういう人がいないので、すごいなあと単純に思う。

三芳部長は軽いしちょっと変わってるけれど、そんなに悪い人ではない。俺なんかが気がつかない、お客様の誕生日とか創立何年とか、そういうことをちゃんと押さえているので偉いと思う。見栄っ張りだけれど、お洒落が似合うルックスでもある。地毛だと言っていたけれど髪も茶色くて、田舎ではよく目立つ。本人は背が低いことをいたく気にしているが、そんなことは全く問題にならない。いつもいいスーツを着て、いい時計をしている。だからと言ってケチというわけではなく、出張のお土産なんかも欠かさない。そして地元に戻ってきてからも情報収集を怠らないので話題は豊富だ。

「勝負しちゃいけないタイプですね。特に世渡りじゃかないません」

山田さんは言うのだった。

「でも、悪い人じゃないから」

俺は言った。

「そうそう悪い人なんていないんですよ。言動や態度で、悪いと認定されるんであって、もとから悪い人間なんて滅多にいない。チャラ男さんの場合は小心者ってだけで」

「俺とはタイプが違うから、見習うとこはあるんじゃないかって思います」

「岡野さん、無理がありますよ、いいとこ探しをして褒めている時点で」

山田さんは甘党のひとが饅頭を手に入れたような顔でうふっと笑った。かれが逮捕されたことと重ねて思い出すと、なんとも言えない感じがする。

「そもそも、波長が合わないから好きになろうとするんです。口には出さない不満や毒が外に出る前に、なんとか中和しようとしてるんですよ」

「じゃあ俺は、本当はチャラ男さんが嫌いなんですかね」

「そこまでは言いませんけど、好きならそうは言わんでしょ。たとえばお母さんとか親友のことだったら」

母をひきあいに出されて困ったが、たしかに友達であれば弔辞でもない限り滅多な褒め方はしない。

山田さんは続けた。

「かみさんとかもそうです。『これをやってくれるから好き』なんて言ってるときは、大体後ろめたさがあるんです。既に他人だと思っていて、嫌いになるのもそんな遠い先のことではなかったりします」

山田さんは俺の気持ちを言い当てたと思ったのかもしれないが、俺はすっきりしなかった。

葬式帰りのような気分であれこれ思い出しながら家に帰った。会社から去った人は亡くなった人と変わらない。失礼なこととは重々承知だけれども会社員にはそういうところがある。俺も自分が山田さんを過去の棚にしまおうとしていることに気がついて、嫌だなと思う。

＊　＊　＊

そもそもなんだって、ジョルジュなんて社名にしたんだろう。世話になった外国人の名前らしいとは聞いているが、あまりに軽すぎないか。営業が毎日ジョルジュでございますと言い、ジョルジュさんと呼ばれ、そのうち慣れるだろうと思っていたのだが入社十年経ってまだ気持ちが悪い。

そういうところが当社の社長の迂闊なところだ。

社長を見ているとあの世代は「男だから」でいろんなことが済んだのだなと思う。今、現実に見ていてもリアリティがない。絶滅危惧種だと思う。ピュアなのかと思ってしまうほど感情表現が下手だ。悪い人ではないが嫌われるところには嫌われる。

そんなことを思いながら書類をシュレッダーにかけていたら俺の後ろにいつの間にか社長が立ってたのでビクッとなった。

「おいちょっと、いいか」

社長室に呼ばれた。社長は相手の名前を滅多に呼ばない。目だって合わせない。男性社員は「ちょっと」で女性社員は「君」だ。そこに適宜「おい」と「いいか」がつく。「いいか」とは「社長室に来い」の意味である。

「山田のことではしばらく大変だけど、みんなで分担で。頼むな」

直接言われたのはそれだけだ。要するに山田さんの担当先が俺にまわってくるということだ。

「人の補充はないんですか」

俺は言う。さすがにこれ以上の負担は無理だと思う。有休なんて全然取れてない、休めないということを美化するような風潮も社内にある。ちょっと危ないと思う。休めない自分が当たり前になっていくと、ため込んだ不満がまっとうに休み取ったりする人に向かうから。本来物を売るのが仕事なのに常に復讐の機会を窺っているアサシンみたいになってしまう。

だが社長は俺の不満などは意に介さない。

「今日このあと、大丈夫だな」

と言って返事も聞かずにドアを開けて呼ぶ。

「おーい」

これは「おーい、かなちゃんや」の略だ。うっかりその辺の人が、「おーい」と呼ばれて「はい？」なんて返そうものなら「おまえじゃない」と追い払われる。

社長室に入ってきた総務の池田かな子さんに社長は言う。

「あいつのこと、頼むな」

目の前にいる部下に言うべき用事を「かなちゃん、あれ」で済ませるのである。下々の者はかなちゃん報道官による発表を待たねばならない。昭和の父親が子供と直接話さずに「母さん、あのことを言っておけ」と言うのと同じである。いきなり他人が家族の真似をはじめたようで居心地が悪い。

かなちゃんは俺に小さな声で「伊藤さんのことですよ」と言う。

「じゃあ頼むな」

そう言って社長は出かけてしまう。なにを頼まれたのか俺にはさっぱりだ。

かなちゃんは、このあと伊藤が来るのだと言った。うつ病で休職中の伊藤雪菜は俺より年下の先輩社員である。会社の下の喫茶で三時に会うことになっていますと言う。

「会うって誰が？」

「書類がいくつかあるのでそれは私が。そのあとご飯でも食べて様子を聞いておいて下さいって」

「俺ひとり？」

「はい。社長からはそう聞いてます」

「なんで三芳部長じゃなくて俺なの？」

「さあ」

「かなちゃんは、飯行かないの？」

かなちゃんは首をかしげた。「は？　なんで私が」という意味である。色白でくっきりした目鼻立ちのかなちゃんだが、ときどきなにか俺にはわからない厳しさのようなものが見え隠れする。もしかしたらこの人はアンドロイドではないのかという気がする。もう少し生々しければ、社長の愛人に見えるのかもしれないが、人間味がなさすぎる。

三時半になって、会社のビルの二階の喫茶に入るとざっくりとしたニットを着て、つまらなそうに座っている伊藤がいた。格好も態度もゆるい伊藤が初めてふつうの女の人に見えた。

伊藤はもとからメンタルが弱かったわけでも甘えていたわけでもない。人は本当に過労で壊れてしまうんだということを目の当たりにして驚いた。

「具合、どうすか」

「三ヵ月って医者に言われたから、予定通り戻りますよ」

「復職は四月から？」

「うん、四月からだね。最初は午後出勤して三時間だけ働いて、だんだん延ばしていけって医者から言われてる」

「だるくないですか？」

いざとなったら俺は、復帰なんてまだ全然無理ですよ、と社長に言ってやろうと思っていた。そのために俺は来たのだ。

「だりぃよ」と言って伊藤は笑った。「でも、もうちょっと休みたいって思うときは回復してるみたい」

「そんなもんですか」

「人に会うとか話すとか以前に、外に出るために一番大変なのがお風呂に入る決心だから。それだけで一日悩んじゃうぐらい大変」

「なんかわかんないでもないような」

「あとは化粧がめんどくさい。着る服も決まらない」

本当にふつうの女の人みたいなことを言う伊藤を見て俺は驚いた。そして髪が伸びたなあ、やっぱり病気だと散髪に行けないのかなあと思っていた。


山田さんが捕まった話も手短に話した。

「窃盗癖って、病気らしいね。なんだっけ。クロマトグラフィーみたいな名前の」

伊藤は言った。

「クレプトマニアのこと？」

クロマトグラフィーがなんのことだかわからない。紐が埋め込んである色鉛筆を思い出したが、違うような気もする。

「ああそう、クレプトマニア。依存症に近いんだよね。アルコールとかギャンブルみたいな」

実刑になったら長いんだろうか。出てきたらそのあとどうやって暮らしていくのだろう。罰したって治らない。本人だって治したいと思っている。でも理解されない。治療法も確立されてるわけじゃない。薬や修行で簡単に治るものでもない。そういう病気は世の中にたくさんあって、病気の数だけ無理解がある。考えるとつらくなってくる。

もちろん窃盗は犯罪だ。嫌な思いをしたり傷ついた被害者が怒るのは当然だ。

悪いことをするのは悪いひとだからだろうか。

「いいことをするといいひとになれるのではない。いいひとがいいことをするのだ」昔キリスト教の奴にこんな話を聞いたことがある。最初から決まってるのならがっかりだと思った。宗教に入っても、教育を受けてもいいひとにはなれそうにない。

「でも実際の犯罪以上に社会の怒りみたいなものがあるじゃないですか。面識も利害関係もないのに罰しようとする人も、もっとたくさんいるじゃないですか。罰するってなんだろう」

「岡野さんも疲れてるね」

「春だからかな」

「気をつけてね。なんでもないときに変な汗とか涙とか出たら、それ大体きてるから」

伊藤もそうだったんだとわかった。でも俺はなにも気づいてやれなかった。


クレプトマニアについて、検索しているうちに俺は世間が怖くなったのだった。

犯罪を未然に防ぐために手当たり次第ぶん殴るひとたちは自分の過去の傷が癒えない気の毒なひとなのだろうか。本当は罰していて気持ちがいいのではないだろうか。いや、そんなのは単なる俺の被害妄想なのか。キレる人がだんだん鈍くなっていったら、思い切り強く打ち付けないと火花が出ない火打ち石みたいになっていくのだろうか。俺が今、見聞きしていることが現実かどうかもわからないが、なまはげがうようよ歩き回っているみたいでおそろしい。

マジョリティは、自分がマジョリティではないと知ったらどうするのかね。潜在意識ではそれをすごく怖れているからマジョリティであることを強調して表現するんじゃないのかな。

そんなことを最近よく思うのだよ。

そう言うと伊藤は、

「話変わるけど三芳さんには気をつけた方がいいよ」

と言うのだった。

「三芳部長のこと?」

「働かないでしょ、あのひと」

「たしかにそうだけど」

管理職なんてそういうものじゃないのか。よそでは違うのだろうか。

「本来、今日だってあのひとが来るべきでしょう、上司なんだから」

「部長、伊藤のことが苦手なんじゃ?」

「そういうことじゃないでしょう」

伊藤が言いたいことはわかっていたので、俺はそれには答えずに、言った。

「山田さんが三芳部長のこと、チャラ男って言ってた」

伊藤はむっとしたような顔で、

「なんとかして下さいよ。御社のチャラ男」

と言った。俺は笑った。

それから、俺たちは駅前に焼肉を食べに行った。困っている人や弱っている人がいると、俺は無性に肉をすすめたくなる。元気が出そうな気がするからだ。肉を焼きながら大きな声で旨いとかこんな肉久しぶりだとか言っていたら、なんとなく伊藤のテンションも上がってきて、俺も四月からが楽しみになってきた。


会社も屑だし俺も屑だ。

耐えがたいというほどではないが、いつか見切りをつけなきゃとは思っている。条件のいいところがあればいつでも辞めるつもりだ。でも実際にはそんな度胸がないことを会社は見透かしているし、今日も今月も生きるためには稼ぎが必要なのだ。

偉い連中のやり方がもう通用しなくなってきてるのはわかるけれど、俺はそれでも変化が怖い。

臆病な心には筋肉の覆いが必要だ。明日はジムに行こう。

我が社のチャラ男

池田かな子（24歳）による

「かなちゃんや」

社長が私を呼ぶ。鶴の一声と言ってみたかったがリアルに鶴を見たことがなかったので動画で調べたら、あたりがしゅんとなってしまうほどの威厳があった。社長の「かなちゃんや」はそれに比べたら毎朝やって来るカラスがカアと鳴いたようなものだ。高級車と商用車のクラクションくらい違う。

「かなちゃんや、おーい」

平成も終わるというのに、どこの波平さんだよ。私は総務課といいながら社長秘書兼何でも屋みたいな仕事をしている。我が社で、そういう役目をこなせるのは自分だけだとわかっているから、どんな用件でも「はあい」と席を立つ。いいお返事はいい挨拶と同じくらい大事だ。

我が社の皆様は二言目には仕事が終わらないとおっしゃいます。

ですが、終わる仕事なんてこの小さな会社にはありません。

区切りがどうとか、やりかけだと気持ちが悪いとか、集中が途切れるとか、そんなのただの気分なのに。すっきり終わって片付いたら仕事の腕前が上がった気持ちになるんですか。大嫌いな自分自身から褒められるとでも思っているのでしょうか。

終わる仕事なんてありません。

そんなものは、どこかの大企業の窓際にしかありません。

いいんです途中でやめて。途中で呼び出されたって途中で帰ったって、仕事なんだから。安心して下さい、あなたの美学なんてこの会社とは一ミリも関係ないんだから！　美学なんてものがあったら我が社にいることがおかしいんだから！

社長は
「あいつのこと、　頼むな」

と言った。

承知しました。

社長は細かい話や指示を、最後まで言うことのできない人だ。あいつというのは伊藤さんのこと。「あいつのこと」を伝える相手は社長の目の前に立っている営業の岡野さん、私は心のなかで「おかっち」と呼んでいる。

この会社では珍しくもなんともないらしいけれど、過労でメンタルを病んだ伊藤さんは休職中で、来月から復帰となる。ちょうど欠員が出たところなのでタイミングがよかった。傷病手当金の書類確認と診断書提出のために今日の午後、顔を出すことになっている。戻ってきて早々にトラブルにならないよう、なにかいいものを食べさせておけと社長は言う。それがおかっちの役目だ。芸をしたアシカにイワシを与えるみたいに言う。社長はときどき気前がよくなるけれども、人間の扱いを知らない。


誰を味方につけるかってことは、とても大事なことだと思うのに、案外みんなわかっていない。自分が誰に「つく」とかじゃなくて、自分についてくれるひと、協力してくれる上司を選べばいいのだ。見極めて、そういうところで働けばいいだけだ。

人は変わらないとか言うけれど、私の人生経験(短ッ!)のなかでは偉いひとほどころころ変わる。社長や専務を見ていても、偉いひとって表面的にはいじられ好きでも、深いところでは変化や滅びを悟っている不幸な化け物みたいなところがある。そしてその化け物は「夢見る若者」を育てたり食べたりするのが大好きだ。

私も一応、夢見る若者なんですよ。いつ社長に打ち明けようか迷ってるけれど、きっと応援してもらえると思う。

伊藤さんに関する用件を伝えるとおかっちは巨体を揺らして、

「なんで俺ひとりなの、なんで三芳部長は、かなちゃんは」

と騒いだ。

みっともない男だな、
と思ったら、伝わったみたいで静かになった。

こういうところも動物っぽい。

前からおかっちって何かに似ていると思っていた。人間の顔をした神話の動物とか人面魚とかああいうのかなと思ったが、こないだ遂になんだかわかった。

天然記念物のニホンカモシカだ。

夕方、暗くなりかけた畑の隅から猜疑心いっぱいの、じめじめした顔でこちらを観察しているニホンカモシカに、おかっちの静かなキモさがそっくりなのだった。


伊藤雪菜さんは、一生懸命はわかるけれど不器用きわまりないひとだ。不器用だから行き当たりばったりに仕事をする。間違った行動を繰り返す。ガンギレしたり意地になって体調を壊すくらいなら、いっそ最初からさぼって怒られた方がマシだったのではないだろうか。

それで過労とかどうなのと（言わないけど）思う。心の病とか甘くね？　と（言わないけど）思う。どうにもならなくなってから理屈を言ったたって聞く人なんていない。私よりずっと年上だけど、幼い。

英語喋れるけど、知識豊富だけど、ばかなのかもしれない。伊藤さんがキレたのは活動方針でも売上のことでも人事のことでもないのだ。パワハラ・セクハラ案件でもない。

5S活動なのだ。

仕事のQCDS（クオリティ、コスト、デリバリー、サービス）を高めるための、5Sすなわち整理整頓清掃清潔躾。意地になることじゃない。事務用品の管理とか書類の置き場とか、ほんと当たり前のことだ。片付けができないひとなのは知っているけれど、最後の方はそれでブチギレてデスクを破壊し、自分で四トントラックを運転して、山奥の産廃処理場に一式を捨てに行った。もちろんそのほかに残業のこととか、担当の仕方とかいろいろなことはあったんだけれど、結果的にみんなそれしか記憶に残らない。

事務机を破壊して捨てに行く女。どうかしてる。社会人とは思えない。

しかしそんな伊藤さんも決していやな人ではないのだ。それに何事もお互い様なんだから、上手くやっていかなければならない。それが出来るのは、共通の敵のお陰でもある。ひとは、それほど多くの敵を同時に持つことはできない。

＊　＊　＊

一昨年の春、私は新卒でこの会社に入社した。

入社後すぐに歓迎会があって、そのときは先に帰るわけにいかないから耐えてたら、三芳部長が、

「どのみち最終的には、僕が送るんだし」

と言ってほかの人を帰してしまった。お酒を飲みながらお菓子も楽しめるというデザートバーに連れて行かれたのは、ひぐっちこと樋口君と私だけだった。ひぐっちは酔っ払っていてクランベリージュースを一口飲んだだけであとはだらしなく寝てしまった。女性社員と二人きりというわけにはいかないから、もはや人間というより巨大なぬいぐるみのようになってしまったひぐっちを連れて行く部長は姑息だと思った。

私はおじさんでもおばさんでも、かなり上の世代まで抵抗ないし、甘いもの食べてにこにこしてるおじさんなんてむしろ可愛いと思う方だ。それはそういう無骨なおじさんが内向きだからいいのである。マッカランの入ったグラスと二種類のケーキをｉＰａｄで撮影しながら、「インスタやってる？」なんていいながら、ちらっちらっとこちらを見る三芳部長はうざすぎた。

「やってません」

「ツイッターとかは？　裏垢あるんでしょ？」

ほんと無理と思った。

「ツイッターは見るけど、全然ログインしてないです」

「マジで？　平成生まれってそんな感じなんだ？」

「ひとによると思います」

帰りたいし退屈なので部長のファッションチェックをする。かなり独特だ。

グレンチェックのジャケットにネイビーのシャツ、似合わないくるぶし丈のパンツ。

「一九九四年生まれ？　二十歳も違うの俺と」

「スケートの羽生さんとか野球の大谷さんと同い年です」

「平成生まれってもうお酒飲んでいいんだ」

あくびが出そうだ。

尖った靴、しかもつま先が少し上向き加減の。持ち手が長すぎる革トート。

「平成六年ですから、ガラケー世代ですよ。中高生のときはまだＬＩＮＥしてなかったですもん」

極めつけは大きなピンキーリング。そして夜なのに仕事帰りなのに襟元に挟んでぶら下げているボストンのサングラス。

「あれっ、でもゆとり世代なんでしょ」

いったいこのひとなにを話したいんでしょう。

カシスのジェラートは食べてしまったし、ひぐっちは眠ったままだしもういいです帰りたい、とずっと思っているのだけれど、コンピュータが職場に入ったころの歴史を聞いている。

当初はなんでも手作りでした。見積書も決算書類も、会議資料も手書きでした。それがワープロになり、イントラネットで情報共有できるようになり、一人一台のパソコンになって、それからピッチが出てきてガラケーそしてスマホと連絡がスムーズになりました。

「それって総務が一番大変そうですね」

「がんばってたよ当時の子はさ。かなちゃんは、メンターいなくて気の毒だけど」

いろいろなことが変わりました。世の中はとても便利になりました。

けれどもその便利さは、人間を大事にしてくれるものではありませんでした。便利になることは、不足を補えることではあるけれど決してゴールではないことを今はもう多くの人が知っているはずです。

むしろ人間は豊かさの反対側に置き去りになってしまったとも言えます。お金と物の流れを増やすことだけを優先してきた流れで、コミュニケーションは下手になり、人を怖がる人、人を怖がらせる人が増えました。

少しちぐはぐだけど、いい話だ。

リーマンショックが過ぎ、話が現代にやってくる。

「……つまり今起きているパラダイムシフトって、物質性から精神性へのマイグレーションなわけで。従来の日本的なスキームでは解けないんですよ。わかる？　そこは会社も自覚的にセルフインスペクションを行っていかないと」

バブル世代とは違うと言ってたけれど、このひとは、自分が年寄りなのか若いのかわかってない気がした。なんだろう、話題が変わるごとに演じる種目が違うみたいな、話し方も文法も変化しているような。この違和感は一体なに。

そしてとうとう私は気がついてしまったのだった。

このひとの話すことって、コピペなんだ。ひとから聞いたこと、ビジネス雑誌に書いてあったこと、ネットのまとめの受け売りなんだ。

チャラみがはんぱない。

上司がチャラ男とかなんなの。

トイレから親にＬＩＮＥして迎えに来てもらうことにした。

都会の子が聞いたらえーっと思うだろう。地方では意外とある。家族によるお迎え。その代わり、自分も親とかお兄ちゃんのお迎えで駅くらいまでは行く。

「母が迎えに来たんで、帰ります」

そう言って私は、上司と同僚を置いてデザートバーを出た。

車のなかでお母さんに訊いた。

「メンターってなにかわかる？」

「ＯＪＴの指導者じゃない？　指導される側はメンティー」

「セルフインスペクションは？　アジェンダは？　ローンチは？」

「そういう言葉が好きなひとのことを、これ、私だけかもしれないけど、石北会計事務所って呼びます。なんでかわかる？」

「ダジャレ？」

「そう、意識高い系のこと」

ネットスラングの今北産業みたいだ。

お母さんはダサい。でも、そのダサさはぶれない。どっしり安定している。そこがいかにもお母さん、て感じで、いい。

＊　＊　＊

仕事をしてれば失敗も間違いもある。だから、相手の弱点を見つけたからと言って鬼の首を取ったような顔をしてはいけない。それを学んだのはあの飲み会からどのくらい後だっただろう。とにかくまだ新人新人していた頃、チャラ男さんから急ぎで会議資料の作成を頼まれた。そもそもは部下の皆さんがデータの提出期限をオーバーし、チャラ男さんもうっかりしていたのである。午後いっぱい集中すればできるかなと思って、カフェに行って作業しようとしたら、ものすごく怒られた。

「仕事をなんだと思ってるんだ」とかれは怒鳴った。

どこでやったっていいようなものなのに。

会社にいたら私は社長の「おーい」に対応しなければいけない。

それにほかのひとたちからも歯医者はどこ行ったらいいかとか、伝票の書き間違いとか、出張のホテルの予約とか、次々となにかを頼まれるから集中できないのだ。

「遊びじゃないんだぞ」

なんだかキャラと言葉が合ってない気がする。

「カフェがだめなら会議室でまとめてやってもいいですか。だってどうしても今日中なんですよね？」

「だめに決まってるだろう。何考えてんだおまえは」

何考えてるって、仕事のことを考えているんですが。

それに「おまえ」はないでしょう。

結局、なぜだめなのかはわからない。

激怒している人間を眺めているとどんどん現実からずれていくのがわかる。私は人間が机を叩くのを初めて生で見た。そんなのテレビドラマのなかのことだと思っていたからあっけにとられた。

「当たり前だろう。女なんだから」

とも言われた。「女なんだから」と言われたことはこれまであまりなかったので、ますますきょとんとしてしまった。

それで残業していたら伊藤さんが「手伝うよ」と言ってくれたのだ。

「大丈夫？」

腕まくりをしながら伊藤さんは、笑っていた。

「常識なくてすみません」

「おかしいよね。自分はノマドとかコワーキングとかでお外でノートパソコンを見せつけるのが大好きなくせにね」

個人的なことを言えば、ノートＰＣにステッカーべたべた貼る人が苦手だ。

「てか、なんで営業部付きの事務職でもないのに総務のかなちゃんがこんな仕事してるんだろ」

伊藤さんがグラフのチェックや、レイアウト全体の手直しをしてくれたので資料が格段に美しくなった。

「でも今週は一色さんが忌引きだから、それで……」

「イレギュラーはいつだってあるのに、誰かが無理するしくみがいけないんだよね。会議なんて資料なしで紛糾したらいいんだよ」

「でも、もう終わります」

頼んだ当人はとっくに帰ってしまった。

一言も言わずに。こっそりと、逃げるように。


「次からはもう、やりません」

翌日私は三芳部長の目を見てそう言った。たった一言なのにドキドキして、顔が熱くなった。

「それを決めるのは君じゃないんだけどな」

ボールペンをくるくる回しながら言う。私が作った書類を見てはいるけれど読んでいるようではなかった。

「できないことはできません」

もうこのひとは怒鳴らないだろうな、と思った。

「へえ」

チャラ男は言った。

「君ってすごいね。笑っちゃうね。てか僕なんか笑うしかないよね」

でも、ちっとも笑ってなんかいなくて、首筋の血管がぴくぴくしていた。

あとになっておかっちが、

「試されてたんだと思う」

と言った。

「なにをです？」

「大きな声を出したら泣くかどうか。どういう反応をするのか」

「ひどくないですか？」

おかっちは陰気に頷いて、

「実際にやるのは、ひどい」と言った。「でも……」

「でも？」

「俺らも女のひとが実際のところ、何を考えてるかとか、キャパがどれくらいあるのかって、ほとんどわからないから、ひどいはひどいんだけど、知りたいことだったりもするんで」

なにそれ。

天然記念物ニホンカモシカを問いただしたら「人間のことがわからないんで里山に下りてくるんですぅ」と言うのだろうかと思った。

「試して、どうするつもりなんでしょうね」

と私が言うと、

「人によって態度変えるよ、あの人！」

と嬉しそうに言った。少しカモシカみが抜けて人間ぽくなった。

ステータスを逃げに極振りしてるのが三芳部長で、防御に極振りしてるのがおかっちだと思った。どちらもそんなに強くはないのだ。


「当たり前だろう。女なんだから」と言われた意味を考える。

きっと、三芳部長が仕事を始めた頃は、そういう当たり前がたくさんあったのだろう。終身雇用とか昇給とか。でも、誰だって自分が仕事を覚えたときのやり方が基準になるんだろうな、と思う。それがどん底の時代でも売れ始めた時代でも、会社が傾いているときでも。

ほかの考え方なんて、経営者でもない限りなかなかできないんだろうな。

だから私も、会社に入った瞬間から老害への道を歩き始めているのだ。

「池田さんなあ。俺思うんだわ」

　また別の日、ひぐっちが西の方のイントネーションが交じった口調でこんなことを言った。

「残業減らせぇとか有休取れぇとかって、簡単に言うてくれるなと思うんだけど、いつまでたってもそうならんのって、日本人が英語できないのと同じなんだと思う」

「なにそれ」

「ネイティヴの発音って、日本人の小学生にとってはたまらなく恥ずかしいでしょう。冷やかされるから」

「そう？」

「男の集団のなかで、ネイティヴっぽい英語の発音するっていうのは、なにかなあ、猿山で一人だけ鳥の真似するようなもんなんだわ。あいつ変だってつまみ出されたら大変だから、だからじゃないかなあ」

　わかりみが深い。

「今も猿山？」

「まあなあ。社畜やしなあ」

「女は違うよ」

「違うだろうなあ。それに働き出したら余計しっかりするしなあ」

ひぐっちののんびりとした声を思い出す。

あのころのひぐっち、ちょっと好きだったなあ。ステータス優しさに極振りだったから。

＊　＊　＊

私は、政治家を目指している。

二十四歳の私は、十八歳とは文化が違う、二十歳みたいにキラキラもしてない。小さな会社だからまだ若者であることが許されてるだけで、でもどのみち私の若さなんてすぐ終わる。否定するひともいるかもしれないけれど、やっぱり女の若さって価値のひとつだし、それは決して小さくないと思う。その価値が消えたとき、私の手のなかに政治があったらと思う。権力に酔うとか人の上に立つとか、そういうことではなくて、政治の力や均衡を身近に感じられる場への興味があるのだ。

それにあと十年とか十五年くらい経ったら、今とは全然違う時代になる。女の政治家は、特別な強さとかタレントがなくても、真面目に勤めることのできるひとつの仕事になると思う。なればいいなと思う。

社長のお伴をしていろいろなおつき合いに顔を出していると、いろんな業界や自治体のひとたち、政策を実行するひとたちや、お金を回しているひとたちのことが見えてくる。

商品と顧客だけ見ていてもわからない仕組みがのぞけるような気がする。

目標としてはあと一年か二年、遅くとも二十七歳のときには、どこかの議員さんか首長さんのところで仕事をして、その先の人生の準備をしたい。結婚はそっちに行ってからでいいかな、という気がしている。そこだけは、母と意見が合わない。母は民間企業の人の方がいいよと言うのだ。

＊　＊　＊

伊藤さんは復帰してきてすぐに、チャラ男ともめていた。お粗末な我が社では、打合せスペースの会話がロッカールームに筒抜けなのである。

「これでまた、お休みとか言うようだと困るんですよね。体調管理もできないひとを置いといてもねえ」

チャラ男の声がした。

「それは脅しですか」

答えたのは伊藤さんだ。

「とんでもない。ただ、働かないと誰だって食べられないでしょ。社会人としての責任ってものがあるんですよ」

すると伊藤さんは黙ってしまった。休職前だったら、そんなことを言われっぱなしになるなんて考えられない。

やがて伊藤さんがロッカールームに引き揚げて来た。敗戦投手みたいだった。

「好きなんだよね、あのひと弱い女が」

伊藤さんは言った。

「どういうことです？」

「弱い女が悲しんでるのが好きなんだと思う」

伊藤さんは弱い女ではない。ただ弱っているだけだ。

「ふぁー。それってパワハラ的ななにかですか」

「もちろんセクハラやパワハラはいかんとは意識してるんだよ誰だって。でもそれって、昔の偉い人が怒鳴ったり物投げたり手をあげていた時代よりマシって思っているだけだから」

「強さと可能性を秘めた俺様なのかもね」

「なんちゃってSっぽい」

「ああ、それ」

自分の言葉と妄想に酔ってるだけで、できもしない、自分では耐えられっこないことを要求してくる男。一番気をつけなきゃいけない変態じゃないかそれは。

「フィーって言ったんだよねあいつ。フィーにも響く問題だとか言って」

『フィー』と繰り返して伊藤さんは笑った。

「フイにフィーがフイーになるとか言ったんですか」

つい調子にのってお父さんのようなことを言ってしまった。

＊　＊　＊

社長は思いつきのひとである。

「ゆるキャラみたいなアレを作ろう」

ある日そんなことを言い出した。企業マスコットのことらしい。

プロジェクトリーダーに選ばれたのは転職は多いけれど温厚な五十代の山田さんだった。他社のリサーチと、我が社のコンセプトを整理して提案するようにと言われたらしい。

もちろん、チャラ男は逃げた。お題目考えるのは一番得意なはずなのに。

山田さんはあちこちで、どうもこういうのは向いてなくて、とぼやいていたらしい。私にも、

「いつになったら社長がこの件を忘れてくれるかなあ」

と言って人の良さそうな顔で困ったように笑っていた。

「なにかが起きれば忘れるんですけどね」

「なにか起きたらいいんだけどなあ」

実際なにかは、起きた。というか、起こした。

だからこれが山田さんの我が社での最後の仕事になった。そしてゆるキャラが表に出ることもなかった。

山田氏が去った後に上がってきたデザインは、見るからに中途半端でやる気のないウサギだかカバだかわからないようなキャラクターだった。

ため息が出るほど醜かった。

世の中にはかつて、たくさんのかわいくないキャラが存在したことだろう。誰にも愛されない、名前の意味すら聞いてもらえないキャラが生まれてきたことだろう。そしてぬいぐるみの試作品や、全く売れないグッズが作られたことだろう。どのくらいあるのか、何十種類か、何百種類か。想像しただけで気分がめいってくる。誰の情熱ももらえずに作られたキャラクターたちは、一度も愛されず、会議室の片隅や敷地の裏とかで埃を被り、ネズミに食われ、荒らされていくんだろう。想像しただけで涙が出そうになる。つらくなる。なんてかわいそうなのだろう。なぜそんなものをこの世に送り出してしまうのだろう、会社というものは。ああいやだ。

＊　＊　＊

土曜日にお母さんと出かけた。気になっていたマルシェを見て、映画を見て、それからデパートで買い物をして、お父さんと合流して古民家のレストランに行くという一日。

「ねえお母さん、人口はどうせ減るんだし、社会のサイズに見合った経済に移行すればいいのになんで今のままでキープしようと考えてるんでしょう。今までの繰り返しとか、同じやり方してそのあと逃げ切ることしか考えてない。おかしいよねえ」

私とお母さんは、友達みたいな親子なのだ。でも、そんな真面目な話もできるところが友達とちょっと違う。

「人の少なくなっていく時代に、売れたら売れただけ会社を大きくすればみんなで太れるみたいなそういうの、もうほんとに悲惨しか待ってない気がする。それでね」

「また石北会計さん？」

「ごめん、それ私」

いつの間にかチャラ男に似てきたのか。

いや、ずっと前から似ていたのだ。

私は靴こそ尖っていないけどチャラかったのだ。ちぐはぐで、うすっぺらで、小賢しかったのだ。

お母さんは均等法の最初の方の世代とかで、随分苦労をしたという。

母はおばあちゃんから戦時中の話をたくさん聞いたというけれど、私は私で、重荷を代わって背負うことはできないけれど、娘というものはそういうつらい歴史を知るものなんだなと思う。

でもいつまでもこんな会社にいてはいけない。そろそろもうほんとうに将来の夢のことを始めたいと思う。こういう話は、お母さんだと心配が先に立つだろうか。やっぱりお父さんの賛同を取りつけるのが先かなという気もする。そして話したからには勉強も始める。来週、社長にも話そう。

「おーい、社長や」

と、切り出すのだ。

窃盗犯も政治家も出す会社なんて、ちょっと面白いじゃないか。

弊社のチャラ男

樋口裕紀（24歳）による

食品業界だけではないだろうけれど、五月と十月は展示会シーズンである。

港湾地区にある催し物場「セントラルプラザ問屋街」では、食品問屋の主催による春の食品フェアが開催されている。各メーカーが出店し、百貨店やドラッグストア、ホームセンター、スーパーなどのバイヤーにコンセプトの紹介や使用場面、レシピの提案などを行って新商品の売り込みをかけるのである。

弊社の新シリーズは～季節と人間の体を科学する～ボタニカルスタイル。いつもの食油セットと、ハーブソルトの新パッケージ。ガワだけで、中身はまったく以前と変わっていない。ボトルとラベルを一新したのは他社に追随して定価を変えずに8パーセントほど容量を減らしたからである。

弊社がしていることは良心的ではない。医学とも科学とも関係ない。今度の新商品はオーガニックですらない。はっきり言ってでたらめだ。ただし、毒を売っているわけでも嘘をついているわけでもない。平凡な商品を平凡に流しているだけである。

お客さんの方だって特別なものを求めているわけではない。流行の花柄のパッケージに入っていれば売りやすく、置きやすい。古くなって飽きられた商品に代わる目新しさをエンドユーザーは探している。僕は何も知らず、何も勉強せず、ただなんとなく体に良さそうで優しげだというイメージだけでジョルジュ食品に就職してしまった。しかし難関を突破して大手企業に入ったってどこも地獄しか待っていないようだ。それでも僕らは会社を、小売店は売り場を回していかなければならない。売上を達成すれば利益率を言われ、利益率を遵守すれば売上が足りないという。遊びじゃないんだぞと言われるが、遊びならもっと真剣にやる。こんなつまらないことが遊びだったら絶対に手を出さない。


五月は合計四回、土日が潰れた。連休が明けてから僕は一日たりとも休んでいない。やっと明日代休が取れる。四日間の休出に対して一日だけの代休だが、嬉しいものだ。しかも月曜休みだから、どこに行っても空いているに違いない。もちろん僕は山に行く。たった一日の休日でテンション爆アゲな自分が安い、安すぎると思う。

四時五十分、展示会場に蛍の光が流れると僕らは間抜けな営業スマイルをひっこめて素に戻る。長っ尻のお客さんを追い出したいという態度を隠しもせず、着々と撤収の準備に入る。実演用の食材やポットに入れた油はボックスへ。電磁調理器や鍋なども片付けていく。パイプ椅子は畳み、テーブルの上の伝票やカタログ、ご来場記念品などはディスプレイと一緒に段ボールに仕舞われる。

「トラック来てるか？」

「来てます！」

強面の岡野さんが横に立って囁くような声で言う。

いかに搬出口の近くにトラックをつけられるかが勝負の明暗を分けるのである。

「でかいのから行くぞ。そのあとは調理セットな」

「はい」

「テーブルと椅子なんて最後でいいからな」

「わかってます」

展示会は祭であり戦いだ。僕らの実力は売上なんかじゃない、設営力、撤収力で試されるのだ。

「終わったら打ちあげ、行くか？」

宴会嫌いは岡野さんも僕も変わりない。問屋が企画した打ちあげである。大きな会社になるほど、法被とか鉢巻きとか打ちあげなどといった古めかしい催しを好むところがある。

「すみません。僕、明日山なんで」

「ああ代休か。わかった」

五時になった瞬間、下部キャスターのついた、パネルつきの展示台が山車のように動き出す。考えることはどこの会社も同じだが、作戦が少しだけ異なるのが社風だ。誰もがセントラルプラザの搬出口を目指して、あふれた川の水のように渦を巻いて流れ出す。弊社のポイントは周辺ブースの他社よりも早く、なるべく大きなもので通路を塞ぐことだ。それによって後ろはますます停滞するわけだが、僅かに稼いだ時間でもってトラックに載せるもの全てを展示台まわりに集結させる。弊社の商品の箱は重い。そしてかさばる。のろのろしていたら動きがとれなくなる。全てを集めたらあとは一気に押していくのだ。岡野さんはこれを「山笠戦法」と名付けた。鬱陶しい戦略だが、ピストンする必要もなく一度で済むため、結果的には早い。

物売りとして優れているわけではない僕だが設営撤収の手際だけは評価されている。計画実践振り返り改善ＰＤＣＡがしっかりできていなくては実現不可能だし、実のところ山行にも似ているのだ。

展示会を制するものは山をも制す。

さっさと制して帰りたいのだ。秒単位でいいから休みを長く確保したい。

＊　＊　＊

山に行くと言っても、アルプスとか百名山などではなく、僕が好むのは1000メートルから1500メートルくらいの里山や低山である。植生が豊かで四季折々の花も楽しめるし、野鳥もたくさんいる。

里山には登山道以外に林道や獣道などの道がある。それだけにコースが難しいし、高山にひけをとらないきつい道だってある。道しるべがはっきりしなかったり、木々や藪が生い茂って見通しがきかなかったりすることもある。事前にきちんと計画をたて、マイナールートを歩くときには地形図とコンパスでちゃんと自分の現在地を把握する必要がある。気軽なように見えて複雑、簡単に見えて奥深いところが低山の魅力だ。


昨日は、展示会のあと買い物をして、六時すぎに家に帰った。夕飯は買ってきたもので済ませたが、朝は三時に起きて炊けていたご飯で握り飯を作った。中身はおかかと梅。チョコレートとバナナ、山コーヒーが好きなのでパーコレーターも入れるとザックがかなり重い。地形図、コンパス、GPS、フリースとレインウェア、タオル、ヘッドランプ、エマージェンシーシートその他もろもろが揃っているか点検し、四時前にアパートを出た。あたりはまだまっ暗でとても静かだ。世間ではこれから一週間が始まるというのに僕は遊びに行こうとしている。たまらなくいい気分だ。

眠っている街を車で流しながら、まだ半分仕事のことが頭から抜けない。だが、帰ってくるときは自分が別ものになることがわかっているので、いやなことを頭から追い払おうとは思わない。僕は僕の平日を弔《とむら》ってやる。

＊　＊　＊

営業部で広報担当になって二年、この会社で一番驚いたことは社長が相手を一瞬で見抜く力だ。といっても見抜くのは相手のすばらしさや能力ではない。いかに自分にとって都合のいい人材かということである。仕事が断れないひと、タダ働きでも断れない人を見定めるのである。

だが、弘法も筆の誤り、たまには社長だってしくじることがある。

それが先週、弊社にやってきた杉浦ミカだった。

社長は地元の名士である。街の中心で江戸時代から続く商家に生まれ、それこそ先祖代々のおつき合いで周囲の旦那衆と繋がっている。土地は大分手放したらしいが少なくとも自分の代は困らない。娘のうち一人は東京に行って帰ってこないし、もう一人は別の名家に嫁いだ。

社長は華やかなことが好きだ。楽しそうな顔も面白い話もできないけれど、格式の高いホテルで創立記念パーティーをやったり、富裕層の人たちとゴルフに出かけたりすることが好きなのだ。芸能人や映画監督と会った話をすれば皆が感心すると思い込んでいる。幸せなひとである。自分のことを粋な人間だと思っているらしいが、現実には無駄遣いもするケチというだけである。

県内のカルチャースクールや専門学校などあちこちで、社長は役員や理事をやっている。そして「若者の夢を応援したい」などと言って、クリエーターの卵やワナビを引っ張ってくる。

「あの子は文章書けるから」

「あれはコピーライターの卵だから」

「あいつは伸びしろのあるデザイナーだから」

社長が目をつけた若い人材を実際に口説く役目はチャラ男さんで、実務は僕のところに下りてくる。誰が言い出したのかは知らないがもうすっかり、僕の頭の中では浸透した。少しだけ肩を持つとすれば、社長は「少しくらいならギャラを出してもかまわない」と思っているところがチャラ男と違う。チャラ男は、才能をタダで使うことが自分の器量をあらわすと信じている。

地元の名士というものは地元で活躍している限りは悪評がたたないものだ。かれらご当地財界人のなかで何が起きているか僕らは知るよしもないが、我々のような下々のところまで聞こえて来るような悪評は、元気なうちはたたない。裏を返せば悪評が聞こえてきたときには会社か本人の寿命がタイムリミットということだ。

そんなつまらないことを思いながら、僕は高速に乗った。


「以上です、なにか質問等あれば」

チャラ男が言った。

「あの、条件とかそういったことについては書面でいただけないでしょうか」

デザイナーの杉浦ミカが言った。

「条件？　なんの条件ですか？　そりゃ作れと言われりゃいくらでも作りますけど書類なんて一体なにが必要なんです？」

「お金のことです」

杉浦ミカが言った。

「ええっ？」

チャラ男が椅子を後ろにすべらせて、のけぞりながら言う。

「失礼は重々承知ですけれど、こういうことはきちんとお聞きした方がと思いまして」

「杉浦さぁん、あのねえ」

チャラ男がキレ気味に言う。

僕はもう本当にいたたまれなくなる。同席しているだけで何の権限もないのだが、逃げ出したくなる。

「杉浦さんは、子供の頃から、絵が大好きだったんだよね」

「はい。もちろん」

そして履歴書を頭の高さに挙げてひらひらさせた。

「それでも美大には行ってない。専門的に勉強したわけじゃないんだ。受賞歴もない。でもそんな杉浦さんがずっと大事に大事に育ててきたデザインがぁ、こうやって日の目を見るわけですよ」

「いえ、仕事なんですけれど一応」

「一応ねえ。杉浦さんが今までしてきた仕事っていうのは、お友達とか知り合いとの遊びの延長でしょ。履歴書に書けるようなことじゃないです。それはね、趣味って言います」

杉浦ミカが「えっ」という顔をする。

「そんな杉浦さんがさぁ。こういった形でうちみたいな会社の仕事で実績を積むことでね、確実なキャリアが得られるわけですよ。うちがプロモーションして送り出してあげてるようなものなんだ」

明鏡止水明鏡止水、と呪文を唱える。もう心を無にしたい。まともに聞いていたらこっちがやられる。そして申し訳ない。申し訳ないが僕はなにもしない。

「無償ってことですか？　最初にお聞きしたのと話が違うんですけど」

「言ったでしょ、プロモーションって。会社ってところはね、そういったものにはお金は出せないんだよね」

それから声のトーンを変えて「樋口」と言った。

「はい」

「かなちゃんに、倉庫から出しといてって頼んでたのがあるから、それ取ってきて」

「それ」はギフトセットでも、新商品のサンプルですらない。スーパーさんに配る、ジョルジュ食品ロゴ入りタオルである。チャラ男は梱包されたままのタオルを杉浦ミカの目の前で二度振って、

「はい、じゃあこれがギャラ」

と言った。

杉浦ミカは怒りに震えて立ち上がる。

「もうけっこうです。帰ります」

ドアが閉まるタイミングで、聞こえよがしにチャラ男は言った。

「どーこ行ったって通用しないのにな」

あんまりやるとSNSに書かれて炎上したりしないか、僕は心配するが、そういうときの対応を自分の仕事だと思っていないチャラ男さんは心配していない。

憤然として駅に向かおうとする杉浦ミカをなんとか捕まえて、謝る。

「最低やね」

「ごめんなさい！」

「卑劣やわ。なにあのひと」

「申し訳ない」

「なんで、樋口くんがいるのよ」

「まさかうちの会社にミカさんが来るなんて思わなかったんだわ」

「プロモーションですからって、なんなのあれ。払わない自分が偉いみたいな態度」

「僕もあれはおかしいと思う」

「じゃあなんで言わせとくのよ」

「弊社のチャラ男が、ほんとすみません」

そう言うと、ミカは怒ったまま噴き出した。喉のあたりからぐぐっと変な音がした。

「あんたはどう思ってるのよ」

「こんなとこで仕事せん方がええ。もし今日来るって知ってたら止めてたわ」

「そうよね」

夕飯奢りますと言ってやっと勘弁してもらう。

杉浦ミカは僕と同郷だった。

東京に行くほど遠くないからと言って、大学からずっとここに居座って働いてきたけれど僕は隣県の出身だ。漁港と遠浅の砂浜しかないんだけれど、まやて貝が名産で、母も祖母も、聞いたことはないけれどひい婆さんもその先の先祖も女はみんな、貝の剝き子をしている。ミカの家は釣りや海水浴客相手のペンションを経営している。学年はミカの方が二個上だが、小学校も中学も一緒だ。今はもうないけれど文具も売ってる本屋とか、百均とか、スーパーに併設されたマクドナルドだとか、そういうところで会えば挨拶する程度の仲だった。

僕の家は海沿いの木造家屋で、外壁が水色のペンキで塗装されていた。父の趣味だ。そういうファンシーやメルヘンが好きな父なのだ。アメリカ西海岸に憧れた人たちに憧れるような、田舎の缶詰工場勤務なのにアイビーリーグが好きな父である。ほかの家ではどうなのか、恥ずかしくて訊けないが歌や踊りも大好きだ。フィギュアスケートをテレビで見たあとは、階段を上りながら腕を広げて変なポーズを決めていたりする。

僕は水色の家がとても嫌だった。

ふつうにしてくれれば、多少ぼろくてもださくてもかまわない。家の中なら少女のような趣味でも目をつぶる。だが、人様に見られる家の外壁を変な色に塗ることだけは許せない。

杉浦ミカは僕の家の外壁を覚えていた。

「樋口君って家が青かったよね」

「え」

「『そらいろのたね』の絵本みたいだなってずっと思ってたから」

「そんなん知らんわ」

「ゆうじって男の子がいてね」

いいおとなが絵本の話をする。登場人物の男の子がまるで幼なじみであるかのように語る。

「模型飛行機とそらいろのたねを交換するのよ。それで種を地面にまいてお水をやると、おうちが生えてくるの」

「はあ」

「おうちはどんどん大きくなって、マンションみたいな青い家になるの。動物や子供達がやってきてみんなでわいわい住むんだけど、それを見たきつねが、もとはぼくのたねだって言い出してみんなを追い出すの」

「最悪やな、きつね」

「きつねが閉じこもった家はもっと大きくなって、最後はぱあんって破裂するんよ。たしかそういう話」

「胸くそ悪いな」

「そうかな」

「それで僕はゆうじなんですかきつねなんですか」

一体何が言いたいのかわからなかったが、杉浦ミカがもう怒っていないことがわかった。

「もうすぐ誕生日だよね」と池田さんに言われたのを思い出した。「空けといてね」とも言われた。

総務の池田さんは同期入社で、社長からは可愛がられているけれど僕はちょっと苦手だ。顔はふつうにきれいだが、声がだめなのだと思う。甲高い声と甘えた発声。アニメ声とお嬢様風の喋りを使いわける。小型犬みたいな媚び方。天然だったら仕方ないと思うけれど、子供っぽくすることが女の処世術、みたいなしたたかさがそこから透けて見えるのがいただけない。

彼女は僕のことを「ひぐっち」と呼ぶ。岡野さんのことは「おかっち」と呼ぶことも最近知った。

私だけが、特別にそんなあだ名で呼んでもかまわないのだという、周りの女性社員に対するマウンティングなのだと気がついて、ほんとうに辟易してしまった。なんとか回避できないかな、自分の誕生日。

また休もうかな。ああいうひとはちょっと、ほんとうに無理なんだよな。

高速を下り、街を抜けてからは一本道だった。行き止まりの小さな駐車場に車を置いたときにはあたりはもう明るくなってきていた。

トレッキングシューズを履いて、ザックを背負い登山道に入る。

最初の二十分は歩くのがつらい。だがそれを越えれば楽しくなってくる。踏み固められた登山道の感触が足の裏に快い。心臓も肺も、脚も背中も、山を感じて喜んでいる。精神が朗らかになってくる。今年はしゃくなげがことのほか美しい。目がきれいなものを見つけるようになる。ああ生きてるなあと思う。

山に行くのは踏破するためなんかじゃない。人間は小さくて弱い。簡単に怪我をするし、すぐに死んでしまう。程度の差はあっても、虫のようにはかない。だからこそ生かしてもらっていることが嬉しい。

仕事だの人間だの、下界で起きていることのすべてが流してしまったトランプの場の札のようにどうでもよくなってくる。

僕が常々考えている猿山理論。

世の中には男の猿山と女の猿山がある。脳の違いとか本能とかいう話ではなく、社会生活のなかでの行動の違いだ。

それぞれの猿山で順位付けがあり、猿たちはカーストのもとに暮らしている。面倒くさいと思っていても、殆どのひとは山に属している。

男のカーストはわりに単純である。スポーツが出来るやつ、コミュ力の高いやつがもてる。その下に頭のいいやつ、要領のいいやつ、おべっか使いなどがいる。問答無用でモテる男の下に、たまにモテる男がいる構造だ。その下にはちょっとどんくさいやつやコミュ障、いろいろと生きづらい連中がいて、どうかするといじめに遭う。学生山から社会人山に移れば今度は地位と稼ぎが圧倒的な力を持つ。

ひとは変わる。そんなには変わらないけれど。子供の頃にもてた男子も、いつの間にかもっさりと冴えない男になっていたりする。そういう意味で、山のなかでの入れ替わりも多少ある。それでも男の猿山はシンプルで、どれも似通っている。一旦入ってしまえばそこそこ安定していて、しがみつく場所に困らない。山の知名度や難易度にこだわり、仲間うちでひけらかしと嫉妬を繰り広げる実際の山ヤとも似ている。

山から離れていった男は多くの場合、とても弱くなる。起業で成功したり芸術家になったりして無敵になる場合もあるけれどそんなのは稀なことであって、多くの場合は遭難者だ。ニュースで名前が出て、赤の他人から計画が甘いだの山を舐めているだの向いていなかっただのと詰られ、傷つき、心身ともに参ってしまう。ほんとうかどうかはわからないが、山を離れることはそんな不幸だと信じられている。

女の猿山は僕が好きな低山に似ていると思う。豊かで優しそうだが、複雑で危険でもある。なめてかかったら死ぬことすらある。

男と違うところは、山から離れれば離れるほど、強くなることだ。そして山を下りることを苦にしない。さして迷わず山を下り、麓《ふもと》の国道に出れば、遠いところまで行ける。別の山に移住することもある。

今まで男しかいなかった仕事の山にもやってくる。やってきたその日から、彼女たちはなんの疑いもなく実力通りのポジションを得ようとする。いきなり五合目や七合目に居場所を作ろうとするのだ。いやいやいや、そこもともと僕らが住んでいた場所であって、いきなり中の上とか上の下とか、そんな自由あっていいのかよって。そりゃねたみますって。俺ら原住民というか原住猿は、ずっとその山にいて実力なんて一生見てもらえない。がんばっていても這い上がれないのにいきなりリセットって。これまでのことは関係なく全国一斉テストの偏差値でそこですかと。「え、実力でなにが悪いの」と聞かれたら悔しさを隠すしかないじゃないですか。俺ら男の山猿は、実はたいへん矛盾した世界に住んでいるのだが、それを隠して生きている。隠しているので知られたら困るのだ。女は感情的なんて、論理を女の手に渡したら勝ち目がないのがわかっているから言うのだ。

論破された男はヒステリックになる。その場限りのプライドではなく、もちろん男尊女卑でもない。これまでの努力とか小学校でも中学でも高校でも大学でもそのあともずっとしてきた悔しい思いをどうすることもできなくなって爆発するのだ。暴力的衝動のブレーキが壊れてしまうのだ。俺ってなんてかわいそうなんだ、と言えずにただ自爆するのだ。男の嫉妬ほど怖いものはないと、貝剝きじゃない方のばあちゃんがリアルに言っていたけれど、そこまでの事態を引き起こしておいて知らないとか正しくないとかはもう通用しない。新しく入ってきた女のことは見放そうと猿男たちが政治を始める。

もちろんなかには男でありながら山々を放浪して生きる者もいる。かれらはおそらく、一つの山にはしがみつかない。

それがチャラ男だ。

チャラ男は頭がいい。責任感はないが危機管理能力は高い。そして常に自分中心だ。それはたとえば高校二年で陸上部がだるいとか言って引退し、野球部に入ってきたと思ったらいきなりレギュラーを要求するようなやつだ。得意の先制パンチで高めのポジションに座り、そこからまわりの足をひっぱりはじめる。それなりに打ててしまうからおそろしい。だがかれが、大学でも野球を続けたり指導者になったりすることはない。一瞬のレギュラー、一夏の活躍だけのために生きているのだ。

チャラ男というものは、女々しいとか女性的とかいうことではなく、女の行動のいいところだけ取り入れているのかもしれない。

その自由さは羨ましく、妬ましい。同じ男なのに真似ができない。

だからチャラ男には男の親友がいない。

猿山から下りることが怖くて仕方が無い猿たちのムラ社会のふつうの男である我々は、友達になんかなってやらないんだから！　と、思う。それは小学生の頃「女なんかと遊んでやらない」と言っていたことに近い。

僕だってチャラ男になりたかった。


女の全てが低山にいるわけではない。北アルプスみたいなとんでもないところに住んでいる女もいる。孤高で誇り高く、並の装備では近寄れない。山の名前だとか、冬山の厳しさで勝負されちゃ自分たちのプライドが困るから猿山の男どもは決して近寄らない。

チャラ男は案外、そんな女性たちと仲がいい。あんな経緯さえなければ、しがらみがなければ、杉浦ミカなんて三芳部長を上手に扱えたのではないだろうか。


登るうちにだんだん、下界のことがばからしくなった。最後の急勾配、木々の重なりが切れて空が明るく開けてきた。二時間ほどで頂上に着いた。南側に見える麓の村と田植えを待つ棚田が美しい。遠くには僕が住んでいる街が薄い銀色に見える。僕は握り飯を食べ、景色とともに山頂で飲む最高のコーヒーを楽しむ。まわりに誰もいないので、目をつぶる。うたたねまではいかないが、風に体をひたしているような気がする。こうやって僕の休日は過ぎていく。次はいったいいつ、休めるのだろう。

だがこれからが、下山が本番だ。

もう今の世の中で、これまでの猿山は通用しないことを僕たちはみんな知っている。登山道は荒れ、斜面は崩壊している。若ければ若いほど無理をして疲れ切っている。昔のように手ぶらのトレッキングはできない。同じように暮らしていても、いつ落石や雪崩に巻き込まれるかわからない。

だが僕たち山の猿は、山の下り方を知らない。山は登るものだと思って暮らしてきたのだ。

山を下りなければ、次の山には登れない。そして歩き方でも道迷いという意味でも、下りる方がずっと難しい。

道を失ったときほど尾根に登れというけれど、どうしていいかわからない猿たちは沢伝いに下りようとする。そのまま川沿いに平野まで行ければ幸運だが、V字谷や滝が行く手を阻む。下りていったら最後、もう一度尾根に上がることなんてできなくて、行き詰まった猿はばたばた倒れていく。

地図もコンパスもない。道しるべもない。下りたところに里がなければ終わりだ。

ぼくらは猿山の猿でありながら、猿らしい野性の勘も食糧を見つけるがめつさも生命力もどっかの沢に落としてしまったようなのだ。

もう猿山で暮らせないのはわかった。

でも山を下りたあと、どこに行ったらいいのだろう。

女のひとたちは、わかっていてあんなに気楽に山から下りてくるのだろうか。あんな軽装で、鹿かなにかと間違うくらい跳ねるように歩いて。下りてきて道がなくても平気で次の山に駆け上がれるのだろうか。あのひとたちに、頼れば歩いていけるのだろうか。どこかで一度、しっかりと話を聞いてみたいものだと思う。

社外のチャラ男

一色素子（33歳）による

長すぎた春なんて言うけれど、終わってみれば冬でした。毎日同じコートを着て、乾いた空気にも色のない景色にも慣れてしまって、それが安定だと感じていた。成長の余地などありませんでした。もうこの二人に春がめぐって来ないことも知っていました。穏やかなようで冷め切っていた。でも動き出せなかったのは春の不安定さが怖かったからです。

元彼は高校のバドミントン部の先輩で、十七歳からつき合って十五年。長くつき合えば悪いところばかりが見えてくる。どうしてこんなにいい加減なんだろう、どうしてひとの気持ちがわからないのだろうって思うことが増えて、会えば喧嘩するようになっていました。自分を飾ったり抑えたりする必要がなかったから、余計に文句が増えました。ごめん今度から気をつけるから、と言っていた彼も次第に黙り込んでしまうようになり、決められない男って頼りないと私は思いました。結婚のことだって、どうしてちゃんとしてくれないんだろうと思って、でも自分からは何も言わなかったのです。婚約は口約束で、親と会ったことはあっても、正式に話がすすむことはなく、私は自由を奪われている、と思いました。私もわがままだったし、それ以上に、相手を見下した態度をとってしまいました。

私たちの関係を壊したのは、彼の職場に新しく入ってきた無鉄砲な女の子で、そのときは怒ったし憎らしいと思ったけれども、今ではむしろ感謝してるんです。元彼はその子と結婚するつもりだと言っていました。私がいなければなにも決められないと思っていたのに、それは私との組み合わせが悪かっただけだとわかりました。

五月半ばの土曜日の朝、初めて誕生日をすっぽかされました。

その日私は実家に帰りました。実家は小さな酒屋をやっていて、両親は店に出ていました。窓から外を見ると庭の椿の木に毛虫がいっぱいついていました。両親には対処する余裕がなかったのでしょう。これは今日やってしまわないと、たちまち成長してえらいことになると思いました。私は自分の部屋の簞笥の引き出しから、古い肌着を探し出しました。棒に巻き付けて聖火リレーのトーチみたいなものを作り、灯油を染みこませて火をつけました。罪のない、しかしとても受け容れがたい毛虫の群れをその火で焼きました。ぼろぼろ、ぼろぼろと死んだ毛虫が落ちてきます。なんでこんなみじめな思いでこんなことをしているのだろう。私もぼろぼろ泣きました。

＊　＊　＊

やり直したいとかは全然思わなかったけれど、一人を満喫しようとしても、あらゆる情報と習慣が彼を思い出すスイッチになってしまっていました。それほど、共有したものが多かったのでした。それで引っ越しの準備をしていました。見返してやりたくて、痩せたくて、やたら筋トレとかもしてました。それくらいしか考えられなかった。ふられるともてるって言うのは案外当たっていて、なぜか年上ばかりにもてた。実家の酒屋によく来るおじいさんはお寿司屋さんに誘ってくれたし、お寺好きのおじいさんはパワースポットに行こうと言いました。オーディオマニアのおじいさんはクラシックコンサートのチケットを持って来たし、カメラが趣味のおじいさんはネモフィラやルピナスのお花畑に行こうと言うのでした。お寿司だけは近所だから行きましたが、それ以来すっかり彼氏ヅラするようになり、用もないのに電話をかけてくるようになってうんざりしました。

三芳部長と親しくなったのは、そういう時期だったのです。

私はCS職と呼ばれる仕事をしています。消費者《カスタマー》サポートの部門で一応社長の直轄らしいのですが、この会社で組織図なんて見たことがありません。そもそも営業統括部長という三芳部長の肩書きだって、どこからどこまでを統括しているのかさっぱりわかりません。ほかのひとだってわからないでしょう。部長は「僕には遊軍的な動きが許されていて、むしろそれを期待されている」と言っていました。

社長から引き抜かれてうちの会社に来るまでは、部長は東京でまったく違う仕事をしていたそうです。アメリカに行っていた時期もあったようですが、働いていたわけじゃなくて自分探し的な旅だったそうです。なんかそういうのも勝手にＩＴ系だとかシリコンバレーだとか尾ひれをつけて言うひともいるみたいでした。

三芳部長はおしゃれでシュッとしてるなと思ったけれど、最初から異性として意識していたわけではありません。私はかっこいいひとほど実は性格が悪いんじゃないかとか、プライド高そうとか、マイナスに見積もっておくんです。そしたら、後になって思っていたよりすてきなひとだとわかったとき喜びが倍増するから。

役職者の特権は車通勤です。たまたま残してしまった仕事があって、休日に会社で作業していたとき、帰りに送ってもらったんです。仕事以外で二人で話したのは初めてでした。三芳部長の車は黒のアウディのセダンで、私はこれまで殆ど外車に乗ったことがなかったので緊張しました。

「部長の車ってすてきですね」

「ほんとに？　これなんかアウディじゃ安い方なんだけどさ」

「でも、シート革張りだし！」

「わかる？　レザーシートだけは譲れなかったんだ」

運転しながら部長の目がきらきら光っていたので嬉しくなった。

「革張りのソファとかもそうですけど、大事にしてもらってる感じしますよね」

「それなんだよ！　上機嫌でいられることが何より大事だからさ。そのためには決して贅沢じゃないと思うんだよね」

「ずっと外車ですか」

「ドイツ車だね。俺ってかなり保守的だし、ラテンの車ってタイプでもないでしょ」

「なんかこのままドライブ行きたいですね」

「今度誘うよ」

げらげら笑うようなことは何もないのに、楽しかったんです。

「でもよかった。顔つきも明るくて」

と三芳部長が言いました。

「一色さん、一時期元気ないんじゃないかなと思って心配してたんだ」

なんでわかるんだろう、なんで気がついてくれるんだろうと思いました。

「最近、気分変えたくて、引っ越したんです。それがよかったのかな」

「そういえば髪型も変わったよね」

小さなことだけれど、自分のことを見ていてくれるひとがいたんだっていうのが、ありがたくてちょっと泣きそうでした。

部長はどこに住んでるんですかと聞いたら、鶫丘《つぐみがおか》の高級住宅地でした（すごーいと思ったが後にそれは、奥さんの実家だと知った）。

それから、二人きりで出かけるようになるまで時間はかかりませんでした。

「二人でいるときはモコちゃんて呼んでいい？」

ある日そう言われて、心が鞠のようにぽんと跳ねた気がしました。

「恥ずかしいですよ」

「いいじゃん。猫みたいでかわいいよ」

私が嬉しかったのは、名前の呼び方ではなく、「二人でいるとき」という言葉でした。

「部長は子供の頃って、なんて呼ばれてたんですか」

「三芳だからみよちゃん」

ひとの名前を笑うのは失礼とはわかっているけれど、「みよちゃん」がイメージと違いすぎて笑ってしまった。そのとき、レモンのような香りが喉の奥をすーっと通り過ぎたような気がしました。

「私もみよちゃんって呼んでいいですか」

「やめてー」

三芳部長は笑いながら言います。こんなに近くにいたんだ、と思いました。

「じゃあみっちゃんで」

三芳部長のフルネームは三芳道造。でも、みっちゃんと呼んだ瞬間、またあのレモンの酸味が漂ってああこれは久しぶりのときめきというものではなかろうかと思いました。

「やだなあ」

そう言いながらあんまり嫌そうではなかったのでほっとしました。

「みっちゃん」

口に出したらたちまち恥ずかしくなって、私は、

「じゃあ奥さんからはなんて呼ばれてるんですか？」

と余計なことを言いました。

「あのひととはあんまり会話がなくてさ」

みっちゃんは、目をそらして言いました。そのことで私は、ますます親密さが増すように感じたんです。

「ここだけの話、俺、奥さんとはうまくいってないんだ」

嫁とか妻ではなく「あのひと」とか「奥さん」って呼ぶところが私の知っている文化とは違う感じでした。たとえ冷え切った家庭でも高級で上品に思えたのです。

人前では見せないネガティブな表情を私に見せてくれたのも嬉しかった。

元彼とはあまりに違う設定だし、会社のひとだし家庭もあるし、それなのになんでこんな気持ちになるんだろうと思いました。それで私はファンなのだと思うことにしました。ファンってだけなら、くだけた呼び方をしてもいいだろうって思ったんです。私はいつもそうやって自分を正当化し、ここまではセーフと思い続けていたんだと思います。

社内で私と仲がいいのは、佐久間さんというCSのベテランである女性社員です。佐久間さんは三芳部長のことをチャラ男だと言って嫌っていました。チャラくなんかないのに、わかってないなと思いました。

「チャラ男さんの奥さんって、一回り以上、年上なんだって」

お弁当を食べながら佐久間さんから聞いた話です。私は、興味がないでもないという顔で、

「へえーそうなんですか」

と答えます。

「でも資産家で、それで社長とも親戚なんだって」

「じゃあ反対された大恋愛の末とか？」

「なんかね、奥さんが部長の見た目気に入って、見初めたらしいよ」

今はうまくいってないのに、と思いながら「うわあー」と驚いたふりをしました。

「前の、亡くなった旦那さんの子供はもうみんな大きいらしいよ。だから財産がもらえるわけでもないんだけど、今だけ贅沢できればいいんだって。それでお小遣いもらってチャラチャラしてるらしいよ」

それって、男女逆ならそう珍しくないことだと思います。でも私は佐久間さんに合わせて、笑います。

「チャラさに命かけてますもんねえ」

チャラいなんて思っていません。でも、ばれるわけにはいかないのです。


たしかに、会社で見ていると部長はイライラして大きな声を出すこともあるんです。でもそれって、仕事に対する熱意とか愛情がなせる業だから。イケメンって神経質で切れやすい人多いんです。鬱憤が溜まって金属のゴミ箱を蹴っ飛ばしたら凹んじゃったとかも、別に人前じゃないし、自分で解決しようとして勢い余っちゃっただけだし、部下に暴力ふるうわけでもないから、ご愛敬だと思うんですけど。

政治家なんか見ていてもそうだけど、決断力のある男性ってせっかちが多いです。偉くなる男性ってリスとかネズミみたいな齧歯類系のかわいい系で、性格きつめなひとが多いらしいです。たしかに馬やヤギみたいな社長というのは滅多に見ない気がします。三芳さんも敢えて言うならハムスターっぽい。ちなみに社長はヌートリア。

さーっと怒っちゃう人の方が、いつまでもネチネチ言ったり根に持ったりする人より、よっぽどつき合いやすいし、それ以前に怒らせる方が悪いんじゃないかって。

そんなことを思ってました。

要するにあばたもえくぼ状態で、舞い上がってました。


人前で怒りを出す人って本当はさびしさを抱えているって、私知っていたんです。だから、それをわかってあげられる私がいるよって言いたかったんです。

「私、口は堅い方ですから。腹立ったことでもなんでも言ってもらって大丈夫です」

口が堅いなんて自分から言うのも怪しいけれど、現実問題として佐久間さんに話せないとしたら、社内でほかに無駄話をする相手もいないので。

「君みたいなタイプの女性って、今までまわりにいなかったんだ」

かれはそう言ってくれました。

「私、味方ですから！」

ほんとうにそう思っていたんです。少なくともこの会社では私だけがわかってあげられるって。そして、家でも居場所がなくてつらいのなら、いつでも連絡してほしいし私が一番くつろげる友達みたいになってあげられるって。

同世代の友達は子育てや仕事でみんな忙しく、だんだん疎遠になりつつあったので、私も話し相手が欲しかった。

だからお互いに都合がよかったとも言えます。いいとこどりができるから。

ずっとべたべた一緒にいたり、面倒な将来を考えたりするのではなく、たとえなかなか会えなくても、一緒にいるときは最高にいい時間を過ごすことが大事だと思ったんです。

デートってフルーツみたいに体にいいし、必要なんだって思いました。

たとえば自分ひとりでは間が持たないようなところ、女友達ではちょっと頼りないかもっていうところに行くとき。混雑しそうな陶器市だったり、お祭やフェスだったり、下町っぽいところだったり、いろんなところに一緒に行く相手がほしかったんです。約束なんかしなくてもお互いのことを大事に思って、たわいのない話でも嫌がらずに耳を傾けてくれる。

後ろめたくないと言ったら嘘になるけれど、いつか終わりが来てこの楽しいふわふわ状態から墜落して酷い目に遭うこともわかっていたけれど、お互い、孤独だったんだと思います。そして、二人っきりでほかの人をシャットアウトするって、本当に楽しかったんです。元彼とは最後の数年、ひたすら停滞していてわくわくなんてなかったので。

二人だけの秘密という甘美な世界に浸りきった楽しい時間は、あっという間に過ぎていきました。求められればセックスもしたけれど、体よりも心が満たされるような関係でした。

かれはセックスのことで悩んでいたんです。私となんの問題もないのに。奥様から言われた言葉が実際にどういうものだったのか、はっきりとはわかりませんが、男性としてのプライドをへし折られるようなことがあって、それ以来奥さんとはできなくなってしまったのだそうです。

そういう話をするときのみっちゃんは、雨に濡れた動物のように不憫《ふびん》で、いとしくなりました。

だから私たちのセックスは、二人の関係を非難する敵としての世界に戦いを挑むような感じだと思っていました。遠い大陸へ向けて船出していくような勇ましい気持ちがわいてきて、そういうのも女としていい経験になったと思っています。

「俺みんなから嫌われてるのかなあ」

みっちゃんはときどきそんな弱気なことを口にするのでした。

「そんなことないって！」

たしかに佐久間さんも伊藤さんも嫌ってるけれど、私は大好きだし！　と思います。

ベッドのなかで聞くと仕事の愚痴さえ、甘い響きでした。とても親身になってあげている感じもしました。私はこういう友達モードの方が得意なのかもしれません。

「でも、なんで？」

「なんかね、信用されないんだよね。部下からも、上からも」

「考えすぎ。私は信用してるよ」

「ありがと」

「社長だって、みっちゃんのこと認めてるじゃないですか」

「でも、たまに考えちゃうよ。いつまでこの会社にいられるのかって」

「みんな、嫉妬してるのかも。仕事できてかっこよくて、勝てないから」

岡野君とか樋口君とか、山田さんとか、みんな頭もよくないし田舎くさくて。男の嫉妬って陰湿だなと思います。そんなことで、なぜかれが悩まなくちゃいけないんでしょう。

「総務のかなちゃんとか、どうなんですか」

「だめだめ。絶対めんどくさいおじさんって思われてるよ」

「それってかなちゃんに見る目がないだけだよ」

二人で池田かな子を見下しているみたいで、悪くない気分でした。

「ほかの子の話なんていいや。僕はモコちゃんのことで頭のなか一杯だから」

ああなんてかわいいんでしょう。

この人のピュアで不安定で、悲しげなところは私しか知らないんだ、と思いました。冷静に考えられたとしたら、そんなこともないんだろうけれど、そのときはそう思ったんです。

不倫女の一番悪いところって、そういうところなんでしょうね。王子様と二人でお城に閉じこもる気分。私たちだけが純粋、私たちだけが真実、そう言いながら高い塔から全世界を軽蔑していたのです。まわりがみんな敵というのはこれほど気分があがるものなのかとも思いました。

カスタマーサポートという仕事はクレーマーの方とも接するので、神経をすり減らす仕事なのですけれど、あのころは、疲れも感じなかった気がします。全世界に対しての優越感を胸のなかで噛みしめていた幸せな日々でした。もとから地味な見た目ですが、誰にもばれないように、大人しくふるまっていました。

ナイーブという言葉の意味を知らなかったころ、私はみっちゃんをナイーブなひとなんだと思っていました。

今は意味を知っていて私たち二人ともナイーブだったと思いますけれど。

＊　＊　＊

会社を出たところで後ろから声をかけてきたのは、営業の山田さんでした。

「日曜日、東京行ってたでしょ」

「え？」

「わたし、一色さんのこと、見かけてしまったんだよね」

気持ち悪い、と思いました。

山田さんは中途で入ってまだ日が浅いこともあって、それまで殆ど話したことはありませんでした。見たところ優しげで、人畜無害なおじさんという印象しかなかったのですが、その瞬間から不潔なオヤジにしか見えなくなりました。

黙って帰ろうとすると、腕を摑まれました。私は「痛い」と言ったのですがすごい力で、振り払うことはできませんでした。

山田さんは私を引き寄せようとしました。私が顔を背けると、

「いいのかなそんな態度で」

と耳元で言ったのです。

嫌悪と恐怖と怒りで、顔が熱くなりましたが、なぜか声が出ませんでした。

「一色さんだって、ばれたら困るもんねえ」

山田さんの笑いに、鳥肌が立ちました。

「今度、わたしもデートしてもらおうかな」

そう言うとやっと、手を離して帰っていきました。

私はその場でしばらく震えといやな汗が止まりませんでした。

たしかに私たちは週末、虎ノ門ヒルズに出かけました。東京までの電車は別々の車両に乗ったし、いったいどこで見られたんだろう。

そして、どうするつもりなのだろう。


折しもその時期は、オリーブオイルの添加物問題で会社中が揺れていました。競合他社では二桁を超える健康被害が発生し、メディアでも大きく取り上げられたため、弊社も対応に追われることになったのです。これまでも思いつきで世の中を渡ってきた社長は、そんな大変なときに風水にはまってしまい、やれ什器を入れ替えるだの席替えをするだのと言い出すし、パートさんが辞めてしまったり、急に休んだり、雑な対応から二次クレームが発生したり、それはもう地獄のような忙しさでした。

久しぶりにかれと会って食事をしたとき、なにかが前と違ってしまっていることに気がつきました。同じ会社にいるとは思えないほどでした。

私はすごく忙しくて熱くてごちゃごちゃした世界に住んでいるのに、かれは平和で涼しくて静かな場所で過ごしているようなのでした。きれいな水槽に住んでいる熱帯魚みたいに快適そうでした。

思い切って山田さんの話もしました。けれどもかれはこう言うのでした。

「モコちゃん、ちょっと考えすぎじゃない？　山田さんだって変な気があるわけじゃないと思う」

「でも腕とか摑まれて、ほんとに脅迫されてるみたいだったし」

どうしてほしいとかではなくて、共感してほしかったんだと思います。

「大丈夫だって」

「どうしてわかるんです？　見たわけでもないくせに」

責めるつもりはなかったのに、つい口調がきつくなってしまいました。かれもいらっとしたのでしょう。

「君、自分が山田さんからセクハラされる対象だとでも思ってるの？」

最低だ、と思いました。

山田さんには何も言い返せなかったのに、気がつくと私は、

「あんた最低だよ、だからチャラ男って言われんだよ！」

と叫んでいたのでした。


私は疲れていて、怖くて、そしてひとりぼっちで心細かったのです。だから話を聞いてほしかったし、味方になってほしかっただけなのです。一言でも優しい言葉があればそれで十分でした。しつこくするつもりもなかったし、時期が来たら別れるのは仕方がないと

思っていました。

もちろん、表沙汰になるのはよくないことです。なんとかして山田さんには矛《ほこ》を収めてもらわなければならないと思いました。その相談もしたかったのです。

私は決して。

山田さんを陥《おとし》れようとか、仕返ししたいとか、そんなつもりはなかったのです。

＊　＊　＊

山田さんが窃盗容疑で逮捕されたのは、それから十日もたたないうちでした。だから私は山田さんにデートを強要されることはなかったのです。

かれともあれっきり、プライベートで連絡をとっていません。

そしてまた今年も誕生日が来て、私は三十三歳になりました。

家に帰ると宅配ボックスに、かれから届いた荷物が入っていました。梱包を開けると、私がほしかったフェンディのクアドロセラミックの時計でした。黄色い紙の箱をよく見たらちょっと日やけで色が褪せていて、新品でないことはすぐにわかりました。もしかして盗品かもしれないと思いました。

「ありがとう」とメッセージは送ったけれど、ＬＩＮＥはいつまでたっても既読がつきませんでした。ブロックされていたのでしょう。これで手打ちだと言われた気がしました。

今でもかれとは会社で顔を合わせますが、特に問題もなく過ごしています。「あなたを信用していないその他大勢の一人」として、向き合うことができています。

相変わらず手癖は良くないらしくて、いろんなひとから女の子にちょっかいを出した話も聞こえて来ます。

今はもう笑いながら佐久間さんに、

「あんなにチャラいと思ってなかった」

と言うことすらできます。

でも、ほんとうはどうなのかな、と思うこともあるのです。

さびしかったんだと思うんです。昨日今日の話ではなくて、小さな子供の頃からずっと持っているさびしさ、もしかしたら一生埋まることのないような、底なしのさびしさなのかもしれません。だとしたら到底私なんかの手には負えなかったのです。

あのひとは、浮気相手じゃなくて友達や仲間がほしかったのかもしれません。でも友達の作り方すらわかっていなかった。男女の関係にならなければ、また別のつき合い方もあったかもしれないと思います。

チャラ男はいやなやつです。小物だし、キレやすいし、ひとを傷つけるようなことも平気で言う。でもかれが、ひとのことを自分から嫌ったり、悪口を言ったりするところは見たことがありません。あんなに嫌われているのに、もしかしたらチャラ男は全世界、全人類に片思いをしているのかもしれないとすら思えることがあるのです。

地獄のチャラ男

森邦敏（41歳）による

「毎日暑いですねって言っただけなんですよ。そしたら『暑いのはおまえだけじゃない』って。なにも怒鳴らなくてもいいのに」

自販機の横で岡野君がぼやいている。

「余計暑苦しいっすよ」

「ダブルのジャケットのひとか」

ぼくが言うとにやっと笑った。

「チャラ男さんです」

ぼくは夏が嫌いだ。暑くて機嫌が悪くなる人たちが嫌いだ。

だが今年も、地獄に地獄の夏がきた。

七月という、食品会社にとってはちょっと忙しい時期に組織変更が行われたのは、三芳部長が四月になってから、組織の見直しという一大業務に取り組んだからである。日がな一日上場企業の組織図を眺めたり、「部署名　かっこいい　ネーミング」などという検索をしたりして過ごす。とにかく文字を書かないし読まないひとが誰よりもPCに張り付いている。開きっぱなしのPCを見てしまったときぼくは笑いをこらえるのに苦労した。

地獄の一丁目にある情報システム部も、ITソリューション推進部に名称変更になった。アルファベットとカタカナと漢字が混在する、三ヵ月間も考えたにしてはしっくりこないネーミングだ。

月曜日は紺のダブルのジャケット、火曜日にはベージュのリネンのスーツ、水曜日にはコードレーンのジャケットをお召しになるチャラ男さんこと三芳部長にとって、事務所は暑すぎるらしい。ジャケットを脱げばよさそうなものなのに、勝手に冷房の設定温度を下げたとかそういうくだらないことで女性社員たちともめたそうだ。それで席替えになったそうである。

研修で二日ほど東京に行っている間に社内のレイアウトが変わって、三芳さんがすぐそばの席に移動してきていた。ぼくがいるチームなのに、なぜぼくには何も言われないのだろうと思って聞くと、君は席も仕事も変わらないからと言われる。まあそうだよな。席なんかどこでもいいのだ。

この会社には無駄な行事が多く存在するが、その最たるものが組織変更である。組織変更で発生する膨大なシステム関係の仕事のうち、本当に必要なものってどれだけあるのだろう。「三芳部長が仕事をした」という意味のほかに、どんな意義や効果があるのだろう。

無視されるのは嫌だがあれこれ言われるのも困る。上手に関わってほしいのだが、こういう気持ちをなんと言ったらいいのだろう。管理というのは素人が思いつきで部下の仕事を増やすことではないのだ。仕事はちゃんとやりますから放っておいてほしい。

＊　＊　＊

ぼくは感情を殺して働いている。本来のぼくはもっと朗《ほが》らかで気楽なやつだったように思う。十時過ぎまで働いて、家に帰ってきたときにはもうへとへとだ。なんとかシャワーを浴びて冷蔵庫からビールを出し、扇風機の前にどっかりと座ったところで、気がついた。

妻の機嫌が悪い。

ちょっと待って下さいよ。この一日、不快きわまりない通勤電車に乗り、朝早くから夜遅くまできりきり働いて、漸《ようや》くですよ、漸くほっとした。この一瞬のために生きてきたと言っても過言ではない。なにも二時間も三時間もこうしていたいわけではない、十五分でいいからそうっとしておいてくれないかな。そしたら充電できるから。

と思ったが妻の。

機嫌が、悪い。

有無を言わせぬ感じで、悪い。

「あのう」

ぼくは言う。

「ごはんは」

「……なんでそれが当然みたいな……」わざわざ蚊の鳴くような声で妻は嘆いた。

「おそうめん。冷蔵庫に入ってる。勝手にやって」

勝手に冷蔵庫開けて黙って食べたら感じ悪いだろうに。

「いや、すいませんね」

と言いながら冷蔵庫をあける。ぼくはそうめんは水にさらす派なのだが、妻はざる派であり、冷蔵庫に入っていたのは握り飯大のひとかたまりが小鉢に入ったものである。うーんそうめんか。今日の昼もうどんだったもんなあ。

とは、とてもじゃないが言えない。

「食べないの」

「食べるよ！　いただきます」

つゆはどこだっけ。いや、この家ではだしをとったりはしない。市販のめんつゆを薄めればいいのだ。1：1だっけ1：3だっけ、ラベルに書いてあるんだが、とうとう老眼が始まったのかこういう文字が最近とても見にくいので困る。

気遣うつもりで妻に、

「元気ないみたいだね？　暑かったもんな。熱中症じゃないよね」

と言ったが「別にそんなんじゃない」と言われた。

「ねえ、冷蔵庫開けてから悩まないでくれる？　中のものあったまっちゃう」

「すいません、薬味ないかなと思って」

「ああ……」

妻はため息をついてから言った。

「チューブのわさびとかしょうがが入ってるでしょ。なんなら缶詰開ければ？」

テレビを見ていた優菜が「パックの大根下ろしもあるよ。あれ、すごい便利だよね」と口を挟む。

「そうめんに大根下ろし？」

「お父さん嫌いなの？　美味しいよ」

いちいち検索しなくていいよ。もちろん検索すればそういうひとだっているだろう。そうめんに大根下ろしやわさびを合わせるのが好きなひとだって。

「いやオレが探してる薬味はみょうがとかしそとかねぎとか、そういうの。ないかな」

すると妻が一語一語区切って、こう言った。

「私も、働いて、いるんですから、いちいち、毎回、買いに、行けないの」

ああ……の続きが、大体わかった。

「あと『すいません』って言わないで。『すみません』でしょ」

ぼくも、ああ……と言いたい。不機嫌をぶつけてもしも気が楽になるのだったら。

「だったら茹でるなよそうめんなんか！　だしも薬味もないくせに無計画じゃないか」

と叫びたい。

あるだけいいでしょって言うなよ、何もなければ何もないでオレが文句なんか言ったことあるか？　ないだろう？

疲れた、忙しかった、具合が悪い。そういうことはあるよ、言ってくれればわかるよ。そしたら自分で作るか買いに行くかするよ。

大体オレ一日働いて帰って来たんだよ。この暑いなかをさ。そうめんなんかじゃ体力つかねえんだよ。やっていけねえんだよ。

と、今ここで大きな声で言えたらどんなにすっきりするだろう。

いや、そうじゃない。

豚肉があった。

なすと味噌で炒めておかずにするかな。

「ねえ、なにしてるの」

「いや、おかずに」

「あてつけかなにか？」

ここにも地獄がある。地獄というものは回避しても回避しても、出現するものだ。一丁目を過ぎたと思ったら二丁目があり、三丁目を避けたつもりが四丁目に入ってしまうような場所のことだ。会社の地獄から逃れて、夏の熱地獄からも通勤地獄からも解放されて迷い込んだここは地獄の六丁目。

そうめんごときで、とも思うが、実はそうめんには遺恨がある。ぼくは長年、母方のいなかである富山県から送ってくる大門《おおかど》素麺という名産が最高だと思って生きてきたのだ。コシがあってのどごしがつるりとして実に旨い。祖母はにゅうめんにもしてくれた。かたちはちょっと変わっていて、ひとかたまりをまるめて「まげ」をつくったものが四つ並べて美しく紙で包んである。

だが妻は当時中学生だった優菜の友達が遊びに来たときに、実家から送ってきたこの高級なそうめんを開けて、

「こんな変なもの」

と言った。

ジョルジュさんの商品ならいくらでも変なもの呼ばわりしてかまわない。お隣でも親戚でもどんどんお裾分けすればいい。だが大門素麺はやめてくれ。仮に見慣れない形状でも、

それは君がものを知らないだけであるとどうして認められないのかね。美味しいかどうか、文句は食べてから言ってくれ。ぼくはそこに、せっかく何か下さるのなら美味しい海の幸でも送ってくれればいいようなものなのに、という海なし県民のいやらしさすら感じたよ。大門素麵のころんとしたひとかたまりは、二つに割ってから茹でるのだ。そのままじゃ、長い。

それを言わなかったぼくも悪いかもしれないが、当然そんなことは「作り方」に書いてあるだろう。取説は見るべきだよとぼくは思う。優菜と友達は立ったり座ったりしながら長すぎた麵を食べた。

妻はそれから一切手を付けず、大門素麵はぼくひとりが夜中に茹でて静かに食うものとなった。今、目の前にあるのはスーパーのＰＢすなわちプライベートブランドものである。

豚肉の炒めものとそうめんを食べ終わると、

「あたしお皿洗おうか」

と優菜が言った。

よし、話を聞こう。

「お母さんと話しなよ」

解決しないのはわかっている。解決のための協議ではないのだ。コミュニケーションなのだ。向き合うとか寄り添うとかそういう類のおつとめなのだ。

妻の作った料理は栄養のこともぼくたち家族の好みのことも考えてくれている、愛情がある。ちゃんと美味しい。妻も働いていて大変なことはわかっている。当たり前だなんて思っていない。ただ自分にできないことをしてもらっているなかで、甘えもあったかもしれない。もっとぼくも家のことをするべきである。特にお互いの苦手な役割を、これまで以上にこなしましょう。これからは感謝の気持ちを忘れないように努力します。

そういうことをお経のように唱える。決まり文句であって意味はない。

独身とか一人暮らしのやつにはわからないだろう。こういう儀式がいるんだよ。コストはかかる。手間も気遣いもある。だけど、家族が趣味みたいなものだから、ちゃんと手をかけたい気持ちだってあるんだ。

＊　＊　＊

ぼくは心の底から「自己責任」って言葉が嫌いだ。自分で責任を取ったつもりでも、大したことじゃなかったりする。責任を果たすためのエネルギーは、そのひとが恵まれた境遇にいるかどうかで全く違ってくる。

ぼくの世代は大袈裟でもなんでもなく、就職が難しかった。ぼくは非正規で働きながらこつこつ勉強して、システム管理者としての腕を磨いてきたつもりだ。

だからジョルジュさんにずっといようとも思っていない。給料はまあまあだけれど、そのうちにはやめたいと思っている。

名前からしてお察しだけれど、ジョルジュ食品という会社は、求人票を見たときから、頭が痛くなるほどのバカっぽさをまき散らしていた。ひどい文章の事業内容、南北が逆になっているフリーハンドの地図。多分新人とかが書いたんだろうけれど見ただけで不安になる。それをフォローする体制のないこともよくわかった。でも、あれこれ口出しされたり命令されたりするよりも、小さな会社でシンプルな業務に携わることは悪くないと思っていたのだ。


よそと比べるまでもなくこの会社は異様に古くさい。やることなすこと効率が悪い。体裁には拘っているようだけれど、八〇年代からなにも進歩していないようだ。たとえば社内の連絡は相変わらず内線電話。社外とはこの時代にＦＡＸのやりとりをしている有様だ。全員が参加する会議もあるが、誰ひとり端末を持ち込まない。多くの社員がExcelを使うのが精一杯という感じだ。

社内でのちょっとした確認や打ち合わせにチャットを導入しようとして、SlackとかＬＩＮＥあたりから使ってはどうかと提案したが、「チャットなんて不真面目だ」と専務から言われた。そんな風土なのだ。

「それじゃこうしましょうか」

と、チャラ男さんが言った。

「メンバーを限って少しずつ試してみるっていうことでいいね？　あとは、森のプレゼンの仕方だめだったね。そういうとこ、課題だよね。これからは全体のボトムの押し上げも含めて図っていけば、ほかのメンバーにとってもいい経験になると思いますよ」

チャラ男さんのその言葉に、ぼくははっとした。昔のことを思い出したのだ。

いじめが始まるときのパターンのひとつとして、突然のルール変更というのがある。「今の練習ね」と言って遊びのルールを変えるやつ、「やっぱり不公平だよ」とか「いっそのこと」などと言い出すやつ、全て要注意人物だ。フェアを装っているが、子供であろうと大人であろうと狡猾で、異常なほど勝負にこだわる。

「途中でルール変えるなんて卑怯だろう」という反論は聞き入れてもらえない。突然の変更が苦手なひとというのは、世の中にはけっこういる。いじめにあった学生時代を隠していることも多いのだ。そんな仲間の足元をすくうのがルール変更だ。

それは突然、たしかに手のなかにあった世界の全てが砂になり、さらさらと落ちてなくなってしまうようなショックである。手のなかにあった世界は、大量の知識とシミュレーションの蓄積だった。それが崩れたのである。新しいルールを加えた新しい世界というのは、真面目な改善やアレンジなどでは太刀打ちできない。馴染みのない別世界だ。ここでまたひとつひとつ分解してすべてを覚え、公式を導き出し、起こりうるあらゆるケースを頭のなかのノートに書き付けなければならないのか。そこには絶望しかない。そのダメージまで考えてのルール変更だ。

いじめをする人間は、計算がうまい。

巧妙に敵を蹴落とし、身を守るやり方をよく知っている。知っていてやるのだ。

「なんでいじめってなくならないのかな」

ぼくは娘に聞く。

「いじめられる方が悪いって思うひとがいるから。あと、大人の世界でいじめがなくならないから」

彼女の立派なところは、なんらかの答えを必ず出してくれることだ。そして一緒に考えてくれる。

「自分がされて嫌なことはしないって、どうして守れないんだろ」

「それほど嫌じゃないんじゃない？」

「どういうこと？」

「時代劇とかでもさ、悪い奴が先に斬りかかってくるでしょ。正義の味方は自分からは戦えないじゃん。だから、嫌なことされたら倍にして返してやろうって、きっかけを待ち構えてるんだよ」

「正義の味方は陰険だな」

「でもさ、殴られる前にいたいって目をつぶっちゃったら、相手は余計に攻撃してくるんだよね、それって弱い者いじめだけど、かなり動物的っていうか本能的っていうか」

「キレるのって気持ちいいよな、たしかに」

「お父さんはキレないじゃん」

「オレだってキレそうになることあるよ」

「そうめんとかで？」

「そうそう。食い物のことは大事」

＊　＊　＊

いつかＡＩに仕事をとられてしまう、という恐怖がぼくにはある。ＡＩは総当たり戦のような計算も、一から計算をやり直すことも厭わない。要するに人間が面倒くさがることをとことん厭わない。考えることが面倒くさくなってしまった、頭のからっぽな人間なんてあっという間に置いて行かれてしまう。ＡＩがものを考え始めて、ＡＩ自身がＡＩの開発や改良をすすめるようになったらその進化のスピードに人間は二度と追いつけないと思う。

「そういうこと考えてるおじさんが、計算機のときにもコンピュータのときにもいたんだよね」

妻は言う。そうかなあ。そういう問題かなあ。

「それはね。そうなればいいってどこかで望んでいるからだよね。神の降臨を待ってるというかさ」

「黙示録的な」

「AI様の公平な裁きを受けようと」

思考停止は楽なのだろう。だけど思考停止を覚えてしまったら、臨機応変に「自分なりの考え」なんて出てこなくなる。一度切ったそのスイッチはなかなか入らないし、そういうやり方を覚えてしまった人間というのは、躾に失敗した動物と同じくらい頑迷だ。

樋口君なんて典型的な、売らない営業だ。

新規開拓した先の支払いが悪かったとか、会話が成り立たなかったとか、そういうことで手間が増えるくらいなら、売上なんてあげなくていいと思っている。どうせ給料も変わらないのだから会議で「売れませんでした」と謝ってた方がマシだと。

その辺りがぼくのような、とりあえずやってみる、とりあえず一枚噛んでみる、とりあえずいじってみるというやり方とは正反対だ。もちろん、全体にダメージを与えるようなことはいかんと思うのだけれど。

樋口君やかな子ちゃんは、ぼくのことをめんどくさいと思っている。まだバブル世代の連中の方がマシだと思っている。
しょうがないじゃん、めんどくさくならざるを得ない時代に生きてきちゃったんだから。どうせすぐいなくなるよ、ぼくの世代は。そういう名前のついた世代なんだから。

人間はどんどん退化し、そのすき間にAIがやって来る。あんまりそういうことばっかり考えていたものだから、夢を見た。

夢のなかでぼくはスマートスピーカーと対話していたのだが、途中からそれがかな子ちゃんの顔をしたアンドロイドになっていた。

ぼくは夢のなかでアンドロイドに問うた。

「これはちょっとした議論の実験だよ。いいかい？」

「どうぞ」

とアンドロイドはかなちゃんの声で言った。

「たとえばここに、メロンソーダがあるとする。メロンアイスでもなんでもいい。メロンパンでもかまわない。ただし果汁は0％とすること。君はこれをメロンと呼ぶことについてどう思う？」

「否定しません。いいと思います」

アンドロイドは答えた。

「しかし、その味はメロン風味であってメロンではない。メロンがまったく入っていないのだから偽物だよね」

「偽物でも味がよくて、みんなから愛されていたらそれでいいと思います」

「なるほど」

「ほかの考えもあります。どうせメロンなんて買えないんだから、誰も日常的に食べてないんだから、そもそもメロンである必要があるのですかと」

「そう、誰もメロンかどうかは議論していない。メロンの味がするかどうかです。ただ、メロンを食べたことのない人間にメロンの味はわからないとぼくは思う」

「それがなんだと言うんですか。メロンをイメージできるものすべてが、メロンの仲間だっていいじゃないですか」

「それじゃいい加減すぎないか？」

「メロンなんて今の若者にとっては夢みたいなものですよ。子供の夢は偽物だって美しいじゃないですか。それを奪う権利は親にも教師にもその辺のおじさんにもないんです。いっそメロンそのものを禁止してくれたらいいのにと思う」

「メロンが禁止になったら、密輸だかヤミだかわからないけれど、こっそり秘密で食うんだろうね。メロンだってうなぎだってかまわないけれど、どんなに旨いだろうね」

「そういうのが古いと思うんです。それに、昔と違って全部監視されてるんだから、ばれますよ。ばれるからこそ、禁止してほしいんです。罰してほしいんです」

目が覚めてからも夢の内容を覚えていた。でも意味はわからない。

＊　＊　＊

「ゴロゴロしてても疲れなんてとれないよ」と妻に言われたので、久しぶりに一緒に出かけることにした。夏の間、あまりにも暑くてどこにも出かけられなかったから、陽気がまともになって心底ほっとした。

博物館に行き、寿司を食べて映画を見た。妻の機嫌は良かった。


「血液型の話をすると怒り出すひとってなんなんだろね」

妻は言った。

「いるねえ。激高してフザケルナとか言うやつ」

あれはなんでだろう。人間を四種類に分類なんかしたくないとか、血液型で決めつけられてたまるかとか、差別的であるとか、血液型の話題を持ち出すこと自体デリカシーがないとか。星占いや手相に関してはそこまで激しいひとを見ない。血液と言うと医学を連想するから、そこがまずいのだろうか。もしも大昔から血液型占いがあって、古代ギリシアではA型は嫁に逃げられるとか、バイキングの言い伝えではＡＢ型が勇敢だと言われてい

しどっちもどっちなのか。

ると か そういう話だったら聞き流せたのではないか。

しかし科学に雰囲気をまぶして語るなんていうことで言ったら、手前どもジョルジュ食品の健康に大変いい商品群なんて血液型どころの騒ぎじゃないうさんくささなんだが。実際ジョルジュさんには血液型で採用や配属を決める上司がいる。社長も風水に凝っているしどっちもどっちなのか。

人間というものは、自分で思っているほど頭がよくないのだ。四通りの血液型の人に、四通りの対応がきちんとできていたらそれはたいしたものだと思う。好きな女の子のタイプだって二つか三つくらいだし、相手に対する態度だって同じようなものだ。すでに決めつけているのだよあなたは、と言いたい。

田中と高橋と佐藤と鈴木みたいなものでしょ。田中はA型高橋がB型佐藤がO型鈴木がAB型、名字のイメージなんてだいたいそんなもの。そこに斉藤や小林や井上が加わったところで、分類する箱なんて増やせないでしょ。

「バーナム効果だよね」

妻は言った。

「へえ」

「誰にでもあてはまるでしょ。ちょっと大ざっぱとか意外と几帳面とか。みんなそういう面はあるんだから」

「それじゃ騙されてるみたいだ」

「知ってて、その上で面白がっているだけなのにね」

「ああわかった」ぼくは言った。「きっと、それが気に入らないんだ」

「どういうこと？」

「自分がちっとも面白いと思えないことを何十年も、何百人何千人の人が面白がっているからだよ。疎外感はんぱないと思わない？」

「ああ、そっち」

なぜ人間は、ものごとを一般化したがるのだろう。なぜ説明したがるのだろう。なぜ皆が一緒だと思いたがるのだろう。

＊　＊　＊

結局まだ、ぼくは会社をやめていない。チャラ男はぼくの後釜を探しているのかもしれないが、今現在はぼくを放り出したら困る筈だ。

そうして相変わらず通勤電車に乗っている。自分はモノですという態度で、モノに擬態して感情を殺している。ここに妻の知り合いだとか遠い親戚だとか、そういった中途半端な知り合いでも乗ってきたときには、一番困るだろう。密着するわけにはいかないのだ。だからと言って無視するわけにもいかない。中途半端な知り合いに対して自分は紳士であらねばならぬ。相手を人間として尊重せねばならぬ。

ああそうか、と思った。

だから弱者を嫌うのだ。妊婦や子連れを、障害者を老人を、そして痴漢によって弱者にされてしまった女性を。

かれらのことは人間扱いしなければならない。弱者をモノ扱いするなんてとんでもない。

だがそうしてしまったら、自分のモノへの擬態がおかしくなってしまう。毎朝同じ電車で会っていてなおかつ赤の他人であるおっさんたちと不自然にべったり密着しているというおぞましさを、ないことに出来なくなってしまうのだ。


ある日、ぼくはとうとう覚悟を決めた。そしてチャラ男の前に立って、言った。

「無理ですよ。今いる人員では不可能です。ひとを増やしたって一週間やそこらで出来るもんじゃありません」

「君の見解を聞いてるわけじゃない」

「でも……」

「つまり『やれ』ってこと」

「できません」

「これは業務命令です」

「三芳部長、ぼくが『やります』とか『可能な限りがんばります』とか言えばいいとお思いでしょう。できないこともある。だって不可能な物量なんだからできるわけがない。そのときぼくが謝ればいいと思ってるんでしょう？　そもそも違いますよ。やる前に無理だと言ってる」

「会社はそんな個人的な判断を君に求めていません」

「ぼくは現場の担当者として言ってます」

「あなたが正しいかどうかなんて関係ない、責任は会社がとるのであって、森さんにそんな裁量は与えられていません」

いやいや、結果としてリストラしたりなんかするくせに。あいつのせいだって、社長に言うくせに。

問題を抱えて悩んだり、体調崩したところで絶対面倒なんかみないくせに。やめるならぎりぎりまで働けと思っているくせに。何を言うかチャラ男。

支配したいだけなんだろ。あなたがしたいことは、出世でも金儲けでもない。

同じ世代でしょ、ロスジェネなんでしょ。さんざん嫌な目にあってきたじゃないですか我々は。団塊は好き放題やって舞台から下りていった。さんざんいい思いをしたバブルも今は逃げ切ることに必死だ。ゆとりだのさとりだの、まるっきり育たない。誰も信用できず誰にも頼れない。そもそも社会に出られずして、バラバラに捨てられたから連帯感すらない。

「まだ自分が強い人間の側にいると思ってるんですね」

ぼくは言った。

「何が言いたいんです？」

思い違いかもしれないが、チャラ男が守りに入ったように見えた。

「こんなのただの、仕事ですよ」

まだ、見ないふりをするのだろうか。

あなただって知っているだろう絶望を。

むしろ誰よりも絶望と近しく過ごしてきただろう。


いじめから逃れる方法を、ぼくはひとつだけ知っている。

ひとまわり広い世界に自分を置けばいいのだ。そこがすべてではないと感じられれば、逃げても逃げなくてもどちらでもかまわない。同じ場所で同じ目に遭っても平気になる。反撃だって出来るようになる。

これ以上ひとをモノみたいに扱うのも、扱われるのもいやなのだ。地獄巡りはもうたくさんだ。絶望の果てに希望があるなんて思ってないけれど、地獄の町が途切れたら、その先にはなにがあるのだろう。

愛すべきラクダちゃんたちへの福音

三芳道造（44歳）による

部下の樋口裕紀は同郷だと言うけれど、同じ県というだけでぼくの生まれはかれの故郷の港町からは離れている。樋口君が育った海沿いにはなにもない。夏休みには猫の額のような海岸に浜茶屋が建つが、みすぼらしい浜でせいぜい樋口君がバカヤローと叫ぶくらいしか用途がない。港にはハンバーグと海老フライと刺身が一緒に出てくる定食で有名な食堂兼居酒屋と、ケーキよりも中華丼の方が旨いと言われているかび臭い喫茶店があるだけで、海を眺めながらゆっくりできるようなおしゃれな店は一軒もない。

なんでそんなことを思い出したのかと言えば、そんな冴えない浜の近くに場違いなペンションが一軒あって、そこの娘が先日、仕事をくれと言って会社にやってきたからだ。彼女は、デザイナーの卵だと名乗った。つまりまだ、素人同然、何も仕事らしい仕事はしていないということだ。彼女は面接を担当したぼくに、こう言ってのけた。

「戸塚亜美ちゃんて知ってますよね」

まるで特権でも誇示するような口調だった。

ぼくが無視すると、

「昔の話、聞いてるんです。みよちゃんって呼ばれていたんですよね！」

と重ねた。

図々しく、失礼な女だと思った。

こういう輩とは仕事で関わらない方がいい。早急に諦めてもらうためにぼくは少し強めなことを言った。同席した樋口君は浮かない顔をしていた。

ぼくの実家は駅の向こう側、山手の方だ。昔は賑やかだった駅前の百貨店は撤退し、商店街は廃墟になった。バス路線は廃止になり、街道沿いに新しく建物ができても大抵それはカフェではなくて美容院で、行くところといえばコンビニくらいしかない。山を越えれば高速道路が走り、ショッピングモールがある。だが遠くに行けるのは車の免許をとってからだ。そんな郊外の町にぼくは生まれ、海とは何の関わりもなく育ち、そして故郷を捨てた。祖父も父も植木職人だったけれど、ぼくに後を継げとは言わなかった。

母は父を甘やかし、すっかり退化させてしまった。

ぼくが小さかった頃は、もっとしっかりしていたはずなのに、途中から酒の量が増え、仕事以外の時間は飲んだくれるようになり、最後には仕事にも行けなくなってしまった。

パートのかけもちで家計を支えた母だったが、それは父に燃料投下しただけだったのだと今では思う。母はまた、ぼくを長男として特別に扱った。それで姉はすっかりひねくれてしまった。今ではもうほとんど実家に帰らないから、顔を合わせることもないけれど、姉は東京に出てライターになったらしい。どんなライターだかは知らないし、ペンネームを使っているのかもしれない。姉は相変わらず独り身でさびしく暮らしているようだ。


友達は少ないけれど特に問題を起こすわけでもなく、成績も中くらい、つまり手のかからない子だったぼくは、クラスに一人か二人は必ずいる変わった子のお世話係でもあった。今なら発達障害と診断されて療育を受けたりするのだろうけれど、当時はそういうこともわかっていなくて、ただクラスにテンポの合わない子がいるというだけの認識だった。

ある日、担任の橋本先生がぼくの前にしゃがんでこう言ったのだ。

「三芳君、戸塚君のこと、いつも見ていてあげてね」

なんでぼくがとは訊けなかった。ただなんとなく思ったのは橋本先生はほかの先生より若いし、女のひとだから助けてあげなければいけないということだった。助けてあげたらぼくが先生に信用される。先生と特別な秘密を共有したようで嬉しくなった。

戸塚君はときどき、授業中に立ち上がって歩き出したり、思ったことをそのまま口に出してしまうような子でもあったけれどぼくは嫌いではなかった。嫌だったのはぼくを「みよちゃん」と呼んだことくらいだ。それはたちまちクラス全員に伝播《でんぱ》した。

かれは物識りだった。国語と算数は塾にも行かないくせにいつも満点に近い成績だった。その代わりおそろしく不器用で、体育や図工はひどいものだった。

かれが苦手だったのは学校行事だ。運動会、授業参観、社会科見学、水泳大会、林間学校、マラソン大会、学芸会、卒業生を送る会、修学旅行……戸塚君はそれらの全てを嫌っていた。いつもと違う段取りを覚えることはほぼ不可能に近かった。それでぼくが面倒を見る必要があった。たとえば遠足のとき戸塚君はバスに酔うし、突然お腹を壊してトイレから出られなくなることもあった。集合場所だって何度言っても覚えられなかった。なぜだかわからないが突然パニックになってはあはあしながらその場に凍り付いていることもあった。ぼくがいなかったら、班行動はめちゃめちゃになっていただろうし、クラスの仲間も我慢できなかったはずだ。

戸塚君はふざけているわけではなかった。わざと出来ないふりをしているわけでもなかった。真面目にやっても、ついていけなかったのだ。

戸塚君には戸塚君のくやしさがあった。

戸塚君の家はコテージ風の一軒家だった。お父さんが家にいる日なら、庭先に紺色のルノーサンクが停まっていた。庭にはバラやユリが咲いていた。

戸塚君の部屋には図鑑がいっぱいあった。それほど大事にしている様子もなかったが、望遠鏡も顕微鏡もあった。それにテレビを見る時間、ゲームをする時間が一日二時間と決まっていた。まったく変わった家だと思った。

戸塚君のお母さんもほかのお母さんとはまるで違っていた。家のなかでもおしゃれな服を着ていて、最初はファッション業界のひとかと思ったほどだ。ぼくたちが遊んでいると き、パウンドケーキとかクッキーとか、珍しい手作りのお菓子をつくってくれた。

夏休みや冬休みには戸塚君の家に泊めて貰った。お父さんは大学の先生ということだったが、ちっとも怖い感じはなくて、戸塚君の妹も混ぜてみんなでモノポリーやUNOをして遊んだ。すべてが自分の家では考えられないことだった。僕は驚いたし、とても楽しかった。

戸塚君はなにかに夢中になると、話しかけても聞こえないのだった。カマキリやチョウを見ているときならわかるのだが、目の前に何もなくても自分の頭のなかのなにかに夢中になれるのだった。急に笑ったり首を振ったりするから不気味だったが、うっとりしている戸塚君を嫌だと思う反面、うらやましくて仕方がない気持ちもあった。

ぼくが邪魔をすると戸塚君は本気で怒った。

戸塚君は、みんなが怒るようなときには平然としているくせに、ものすごく些細なことで怒ったり、怒りすぎて泣いてしまうこともあった。

戸塚君はとても難しいひとだったけれどぼくは戸塚家の一員になりたかった。少しくらい変でもいい。むしろ変わっている方がかっこいいのだと思った。戸塚君と遊んでいると、マンガとゲームしか話題のない同級生があわれに思えてきた。ぼくはかれらよりすぐれた人間になりたかった。そして酒臭い父と溜息をつく母、いつもイライラしている姉、狭い家、散らかった台所、破れた襖、そういうものを忘れ去りたかった。

四年生のとき戸塚君は植物園で実際に見た植物と、子供のころ山で迷子になったことを組み合わせて作文に書いた。頭では違う方角だとわかっていたのに、なぜか森の奥へ奥へと誘い込まれてしまったという恐怖の体験だ。その理由はある樹木が発する、とても懐かしい匂いの罠だったと言う。戸塚君の作文は学校の代表としてコンクールに応募することになり、なんと全国大会で入選を果たしたのだった。

表彰される戸塚君を見てぼくは激しい羨望を感じた。それを必死で隠しながら、

「賞獲ってヤッターとか飛び跳ねて喜ぶとかって、ださくね?」

と言った。

「実はあんまり嬉しくないんだ」

戸塚君もらっきょうみたいな顔で言った。

「ほんとに？」

「それに賞は獲ってない」

「どういうこと」

「入選と入賞は違うんだ。入賞しなきゃ無駄だよ。圧倒的に優れているわけじゃなかったらコンクールに出す意味なんかなかった」

戸塚君は自分のことなのに、まるで敵対する誰かのことのように冷たくつきはなして言うのだった。

「戸塚君すごいな」

ぼくは心の底から感心して言った。

「全然だめだ」戸塚君は大袈裟に腕をふりまわして言った。「これじゃまるでふつうの子と同じだ」

戸塚君はふつうの子を下に見ていた。そういう尊大なところが嫌われるのだとぼくは知っていた。それでもやっぱりすごいと思っていた。

あるとき、戸塚君は心ないクラスメイトから「みよちゃんは先生に言われて点数稼ぎのために戸塚君と仲良くしている」と吹き込まれた。ぼくは懸命に否定したが、まるっきり嘘というわけでもなかった。

「みよちゃんってそういうひとだったんだ！」

と言って戸塚君はへそを曲げてしまった。それでモヤモヤしているところに妹事件が起きた。戸塚君には亜美ちゃんという妹がいて、これがけっこう激しい性格をしていた。三人で一緒に遊んだり、地元の祭に行くときは、女の子である亜美ちゃんに合わせなければならず面倒くさかったのだが、亜美ちゃんは、ぼくが彼女に恋をしていると思い込んでしまった。これ以上お互いを近付けるのは良くないということになり、ぼくはもう戸塚家に行ってはいけないと言われた。学校でもなんとなく戸塚君は距離を置き始め、お世話係を任命した先生もなにも言わなくなった。

ぼくは報われなかった。

あれほど憧れた家は、二度と行ってはいけない場所になった。

ぼくが学んだのは、世の中には勉強しなくてもテストで苦労しない人間がいること、ちょっとしか働かないのに優雅に暮らせる家があるということだった。戸塚君は名門私立中に見事合格し、そこから国立大学にすすんだそうだ。

頭のいいひとたちは、何百時間勉強したってかなわないぼくのような凡人を「学問は平等、努力が足りない」と評価する。そういう世の中を、頭のいいひとたちが自分たちの住み良いように造ったのだ。つまり世の中は最初から不公平で差別に満ちている。学歴差別、男女差別、出身地の差別がある。ルックスでの差別、運動神経での差別、コミュ力での差別がある。平等とか公平なんてものは、ぼくが這い登っていく階段からは見えないくらい上の方にある。ぼくなんかの手の届く場所ではないのだ。

小柄でスポーツが得意でない少年にありがちなことだが、ぼくは映画や音楽に強い興味をもった。映画はずいぶん見たけれど、自分が監督になって撮ってみたいという夢はかなわなかった。音楽についても、子供の頃から楽器を習っていたやつにはかなわないし、歌も上手くなかった。その前に、おそらく才能がゼロだった。それに仲間もみつからなかった。

それでもぼくは諦めなかった。流行のものを知るとか、おしゃれをするとか、髪型をいじるとかの努力を怠らなかった。少し前に流行った小説の主人公みたいにもてる方法は東京に行きさえすれば手に入るかもしれないと思った。そこで、なんとかして東京に行きたいとぼくは親に頼み込んだ。最終的には母方の祖父の蓄えと奨学金でなんとか都内の大学に入ることができた。これが「女だから」と地元の短大しか行かせて貰えなかった姉から決定的に恨まれる原因にもなった。

もちろん東京に行ったところで本質はなにも変わらない。「圧倒的」な才能なんて、何をやってもみつからなかった。一生つき合えるような友達はできなかった。ナンパして短期間つき合った彼女はいたけれど、本物の恋愛も経験していなかった。

つくづく報われない男だと思った。

新卒で就職した石油化学工業の会社をやめてアメリカに行ったのはもちろん自分探しのためだ。バスでアメリカを横断しようと思ったがあまりにだるくて、すぐに西海岸に引き返した。そのうちに自分探しなんてダサいということに気がついた。こう言うと三年くらい滞在したように見えるかもしれないけれど、実際にいたのは半月にも満たない。もちろん英語なんて不自由したままだ。

日本に帰ってきてからは中古のＭａｃやパソコンの周辺部品を売る会社でバイトをしていた。お金が足りなければ飲食のバイトも入れたし、ベンチャーにいたこともある。いろんな経験ができて勉強になったと思う。

そんなときに今の奥さんと知り合った。最初はｉＭａｃを使いこなせないから教えてくれなんて感じでお宅に伺ったりしていたんだ。あの懐かしいボンダイブルーの初代ｉＭａｃ。ぼくはそのすぐ後に出たクラムシェル型のｉＢｏｏｋを持っていた。あの時期は初期設定も厄介だったし、エラーが出てＯＳの再インストールなんて事態も起きた。さすがの彼女もお手上げで、それで仲良くなったんだ。あの当時、Ｍａｃを持っていたのは今で言うところの意識高い系の人が多かった。業界人やデザイナーだってセンスのいいひとはみんなMacだった。今から思えばパソコンで何をしていたというほどのこともないんだけれど話題作りにはなった。そのうちに奥さんの親戚でもあるジョルジュの社長に会って意気投合した。結婚と入社はほぼ、同じ時期だった。

＊　＊　＊

社長は根っからの商人だ。とてもいいアンテナを持っていて、物の良し悪しがわかる。まわりが盛り上がっていてもだめだと思ったら最小限の傷で済ませることもできる。超現実主義者であり、決断力もある。細部にこだわらず変化を怖れない。飽きっぽいのが困りものだが、勇気のあるひとだ。

ただ、とてもシャイなところがあって、財界人や政治家に対してはいいのだが、若い部下たちと話すのが苦手だった。ぼくの存在価値はそこにある。ぼくには人材を見極める力がある、社長にはそうやってアピールしてきた。

世の中のふつうのひとと比べたら、ぼくは会社が好きなのかもしれない。仕事が好きという意味ではない。仕事は仕事だから、なにをやっても変わらないと思う。それでもお盆や正月明けなんかは出社が楽しみだったりする。リフレッシュできた者もできていない者も、会社が始まるのが嫌で仕方のない者も、気持ちが表情にあらわれていて、眩しいような照れくさいような気持ちになる。

そもそもジョルジュ食品の社員には、正直で純粋なひとが多い。真面目だけどまともではない。

全員ではないけれど、明らかに変人の比率がおかしい。ぼくの部下である面々も愛すべき変わり者ばかりだ。悲しいことに戸塚君みたいに頭がいい人はいない。圧倒的な才能もない。なんとなく、グレーな感じで変わっている。

かれらの悪いところは働きすぎることだ。今はそんな時代じゃないのに、自分で悲劇を演じると決めてしまっているかのようなのだ。

社畜とはよく言ったもので、誰かが管理してやらなきゃいけない。放って置いたら体調まで崩してしまう。実に悲惨だ。家畜と同様、頑固でもある。ぼくというブレーキがいなかったら、この会社はとっくの昔に人員不足になっていただろう。

もちろん甘やかすつもりなんかない。

「仕事がどうしても終わらなくて」と言って涙をこぼすならまだ見所があるが、自分の仕事のことを激務だなどと吹聴するやつをぼくは信用しない。激務なんて全然かっこよくない。そんなのただの変な宗教だ。

そう宗教。かれらはお仕事教の信者なのだ。

かれらはお仕事様を愛するが故に自分なんか犠牲になってもかまわないと思っているよ

うなのだ。お仕事様に奉仕する時間が長ければ長いほど信心深いと思っているみたいだ。おかげでどんどん要領が悪くなる。無駄に丁寧な仕事をありがたがる。

まるで愚かな受験生が徹夜で勉強しているみたいなのだ。熱さや根性が勝利の価値を高めると思っている昔ながらの運動部みたいなのだ。つらい作業苦しい作業長時間の作業で徳が積めるとでも思っているのだろうか。そして暇さえあればつらさを反芻《はんすう》している。胃のなかに納まったものをまた口のなかでくちゃくちゃやっている姿は、さながら純朴ぶったラクダちゃんだ。

「休みをください」とかれらは言う。けれども激務は続けていきたいと思っている。もっと痛い目に遭いたいとすら望んでいる。

かれらはなにもかも会社が与えてくれるものだと思っている。仕事や賃金だけでなく、休みも、苦痛も、不満も。だから願いが届かなければ、与えなかったのが悪いと言い出すのだ。

そうじゃないんだ会社というものは。何かあったときに責任を取るのが会社であってなにもかも与えてくれるものじゃないんだ。

時間なんて自分で調整すればいいじゃないか。

やってみればいいじゃないか、なんだって。

そうつっぱねると、咀嚼を中断されたラクダたちは「そういうわけにはいきません」と言う。「失敗はありえません」と言う。損をすること、無駄がでることも「ありえません」と言う。ぼくが許したって、社長が許したってだめなのだ。かれらは許されることを望んではいない。それよりもお仕事様を奪われることを怖れるのだ。

そうなってしまえばぼくなんか完全にエネミーだ。なにもかも全否定だ。ぼくのやることはすべて間違っていて言うことには悪意があるそうだ。悪魔かなにかですか。

みんなほんとうにわかっていないようだから、教えてあげたい。

もっと寛容になろうよ、優しくなろうよ。そして向上心を持とうよラクダちゃんたち。

これがぼくがお伝えする福音だ。

君たちはぼくを敵視するけれど、ぼくのことなんて実際には見ていない。ぼくに悪役をくれただけのことなんだ。

つまり君たちの暮らしというのは、各々が頭のなかで書いている気持ちの悪いストーリーに過ぎない。君たちが自分で自分のことを面倒くさくしているだけなのだ。

傷つき追い込まれるかわいそうな主人公に自分をあてはめたら酔えるのか。中途半端に救われたらかえって困るのか。

自己実現にもほどがある。ドMだかなんだか知らないけど、卑屈すぎる。そういう変態じみたことはプライベートでやってくれないかと思う。

チャラいなんて昔からずっと言われてました。

だから痛くも痒くもない。

「みよちゃん」の方がよっぽど嫌だ。

第一チャラ男のどこが悪いというのだろう。ぼくがみんなにどんな迷惑をかけたというのか。

陰で悪口くらいならいいけれど、一線を越えてしまったら会社としてもそれはなんらかの対応をしなきゃいけない。そのまま知らないふりというわけにはいかないのだ。一線というのはつまり、皆の前で体制の批判をするとかそういうことですよ。

本当のことなんだから何を言ったっていいじゃないですかと伊藤君は言うけれど、その理屈だと、人間のありのままの姿なんだから裸で歩いてもいいじゃないかということになってしまう。そんなの人間じゃなくて動物だ。

伊藤君はどこに行ってもこういう問題を起こすんだろうな。ぶつかってもぶつかっても角がとれない。かわいそうだなと思う。

山田秀樹という男はたびたび、ぼくにからんできた。

「部長にそっくりなひとがいたんですよ。前の会社にも。どこにだっているんですよあなたみたいなひとは」

異様に指の関節が柔らかいやつと指相撲をやっている感じだった。スローモーションで脅迫されているような気になるのだ。

「三芳部長って、さみしいひとですよね。まあ、日本のおじさんなんて誰しもさみしいものなんだけれど」

だが山田氏の狙いはそこではなかった。かれは同時に救済を求めていた。お仕事様ではもうどうにもならなくなったみたいだった。どうか無視しないでくれ、罰してくれ、叱ってくれと叫んでいるみたいだった。腕で頭を守りながら殴られにくるのだった。

ぼくは知っている。父がそうだった。いっそ体をこわして入院してしまえば酒を飲まなくて済むようになると思っていた。ある種の薬物中毒者もそうだ。刑務所に入るしか薬をやめる方法がないと思っている。

だからぼくは山田を尾行した。

かれはお話を完結させようとしていた。舞台から下りようとしていた。自分から進もうとするかれをぼくは評価したのだ。

ぼくが捕まえたときかれは抵抗しなかった。それどころか心の底からほっとしたようだった。

＊　＊　＊

自分で言うのもおかしいけれど、ぼくには自分がない。

そのうえ、友達もいない。

才能もない。キャリアもない。

ほんとうに何もない男だ。

そんなぼくをあっさりまるごと受け容れてくれたのが、眞矢子、つまりうちの奥さんだ。

ぼくは彼女の影響を大きく受けている。前向きなことを言うときには、特にそうだ。


財産目当てだとか財産は相続できないだろうとか、年増にたぶらかされただとか年増を騙しただとか、他人だけではなく自分の家族からもネガティブなことを言われた結婚だった。そしてぼくは眞矢子を選び、姉や親を捨てた。ぼくはほんとうに眞矢子が大好きで、顔やスタイルだって好きで仕方ないのだ。それは今でもまったく変わらない。

思い描いていたふつうの家や家族ではないかもしれないが、それでもぼくは満足だ。

もちろん何もかも完璧というわけではない。たとえば夜のことなんかではお互いの求めるものが合わないこともある。眞矢子は率直な物言いをするひとだから、男としてひどく傷ついたこともある。でも、それは信頼を損なうものではない。ひとから同情されるようなことでもない。

それに眞矢子はとても自由なひとだ。

さっき言ったような、ストーリーから自由なんだ。制約されないんだ。設定なんて楽々越えていってしまう。

ストーリーがないから、上下関係からも自由だ。それも当事者がこしらえた作り話だからだ。偏見も世間が作り出したものだ。彼女は自分が富裕層であるとか良家の娘であるとかいうことすらどうでもいいらしい。もちろん違う境遇になったら、また別の面が出てくるのだろう、あくまで恵まれている今、ということだけれど。

だからぼくのような男を拾って、ひとから何を言われても平気だった。

年齢の差も、財産のことも、ぼくが初婚で彼女には大きな息子たちがいることもまったく問題にしなかった。器が大きいのだ。

なんでぼくを選んだのかと聞いたら、

「見た目」

と言った。ほんとうにそれだけなのかと聞いたら七割はそうだね、と笑った。あとの三割は教えるつもりがないらしい。

ともあれぼくは報われた。

なにがあっても昔に戻りたくはない。


今のぼくと昔のぼく、チャラ男と呼ばれるぼくとラクダちゃんたちはなにが違うのか。

自然とわかってきたことがある。

自分に自信があるかどうか。

そして、機嫌良く生きているかどうかだ。

統計を取ったわけじゃないからわからないけれど、日本人って金持ちほど機嫌が良くて、貧乏人ほど機嫌が悪いんじゃないかな。こんなことを話して「当たり前じゃないですか」とくってかかるやつ、上から目線で何を言うかと怒りだすやつ、そのほとんどが報われないひとだ。

だけど考えてもみてほしい。

人間って苦労するために生まれてきたんじゃないんだよ。「しょうがないじゃないか」と昔のぼくだったら言うだろう。「才能がないんだから。あんな家に生まれたんだから。誰にも好いてもらえなかったんだから」

昔の、報われなかったぼくに教えてやりたいのはすごくシンプルな、たったひとつのことだ。

人間は喜ぶために生まれてきたんだよ。


ぼくは、どんなストーリーを生きているのだろう。夏休みを過ごす山荘の夜、ぼんやりとそんなことを考えていたが、さっぱりわからないので奥さんに聞いてみた。

「秀吉でしょ」

即答だった。

サルとか禿ネズミとか言われた豊臣秀吉？

時代劇の印象しかないけれど、あの派手好きで軽薄で品がない豊臣秀吉？

日本史に登場するひとのなかで、あいつだけは嫌いだ。ああいうのは、まわりにいたってうるさいと思う。受け容れられない。

「ええ？　ちょっとそれは困るなあ」

それじゃ社長は織田信長か。眞矢子は北政所か。

しっくりくるので困った。

強いリーダーシップと怖さを感じる社長と、夫を上手に甘えさせ、正しく操縦してくれる頭の良い妻。

だがぼくは秀吉なんかではない。

「だけど、天下取れない秀吉なんてただの道化じゃないか」

道化でもいいのかも、という思いがよぎった。

「いいじゃないのそれでも」

「よくないよ」

「それじゃ、よそ見してないで出世なさいまし」

「よそ見」という言葉に一色素子とのことがばれたのかと、ぼくは青ざめた。わからない。カマをかけているだけなのかもしれない。間接照明の下で奥さんの表情は読めなかった。

私はシカ男

穂積典明（69歳）による

――ここ、なかなかいい店でしょう。よかった、かなちゃんに気に入ってもらえて。さて、なにから話したらいいのかね。

穂積家というのは大した家でもないし、偉い人も出ていないけれども、それでも江戸時代からご城下で油屋をやっていた。生粋の商人と言えるのかもしれないね。だからジョルジュ食品はそうばかにしたもんでもないんだよ。昔の建物は立派な商家だったんだが空襲で焼けてしまったから残っていなくて残念だ。

うちは昭和五十年代までは穂積食品って会社だった。ジョルジュ食品を名乗るようになったのは一九八五年からだ。ＣＩ戦略といってロゴとかキャッチフレーズとかデザインとかそういうものを一新してね。名前の由来は私の盟友ですばらしい料理人でもあるジョルジュ・モローから借りてきたというだけで深い意味はない。

ただの屋号だよ。穂積にしたってただの名前だし、ジョルジュだって思いつきみたいなものだ。

なんでも横文字にするのが流行っていたし、インパクトがあって覚えてもらえる屋号がほしかったんだ。それでジョルジュ。よそと違っていて覚えやすいからこれでよかったと思ってるよ。多くの企業が古くさい名前をずっと使い続けるなかで、イメージを一新するには、ちょうどよかったんだ。大手と同じ戦略じゃ売れないから隙間で好感度を上げるように仕掛けていかないとね。継続はほんとうに難しいよ。でも小さな会社はガタイのいい企業にはできないことができるからさ。

失敗してもへこたれないことかと思うよ、大事なのは。


——自分のことですか。

私が生まれたのは昭和二十四年、終戦から四年後のことだ。第一次ベビーブームの最後の方だね。この辺一帯は空襲で焼けて、もちろん私の家もやられたから、戦争から帰ってきた父はバラックみたいな店からやり直したんだ。子供は姉が一人と私の下に弟が二人だった。弟のうちの一人は早くに亡くなった。日本全体が貧しくて食べ物もなにもなかった時代だったのを覚えているよ。みんな苦労したんだ。食い意地が張ってるのはそのせいかもしれないね。

若い人がどんなふうに昭和という時代を見ているかわからんけれど、私は古き良き時代なんて思っていない。高度経済成長期の前は一種混沌とした気持ちの悪い感じもあったんだ。今の方が断然いいと思うよ。どのみち過去なんて戻れないんだから、みんな好きなように脚色すればいいんだけれど。懐かしいものにしがみつきたくなるひともいれば過去を切り捨てたくなるひともいる。私はどちらかと言えば後者かな。町は臭くて汚かったよ。公害もあったしマナーも悪かった。なにもかもうるさくて雑で、下品で生々しかった。でも、勢いはあったかもね。どこに行っても人がいっぱいだった。田舎ですらそうだったんだ。なにしろ子供が多かった。人が多すぎて手が回らなかったんだろうな。

日本人は真面目で大人しいとか、礼儀正しくて謙虚だとか、そんなイメージは後になって作られたものじゃないかと思うよ。もとからなかったから憧れたんじゃないの。品のいい人なんて一握りもいなかったと思う。

——自分で思う自分の性格ねえ、難しいな……。

今風に言えばポジティブなんだろうけれど、ちょっと前なら根が明るいなんて言った。ネアカ社長なんて呼ばれていたこともある。

とにかく子供の頃から怖い物知らずで、負けず嫌い。メンコ、ベーゴマ、石蹴り、鬼ごっこ、小学校に上がる頃に自転車も買ってもらっていっぱしに乗り回していたよ。

中学も高校も地元だった。部活は柔道部だったけど、あまり真面目にやらなかったな。今でもそのころの仲間は大勢いる。気取り屋もいたしワルもいた。偉くなったやつもいれば、成金もいる。ずっと貧乏なままでいるやつも、破産して自殺しちゃったやつも、もちろん病気になったり、行方知れずのやつだっている。

大学には行こうとも思わなかったね。家業があれば大学なんか行かなくても平気な時代だった。高校までの勉強をしっかりやっていれば、専門的なことは仕事を通して覚えるし、それで十分だと思った。どのみち、あの時代は大学に行ったって勉強なんかできなかった。学生運動が激しかったときで、学ぶ環境じゃなかったんだ。大学生になった同級生がそうやって騒いでいたとき、私は仕事を覚えるので必死だった。ちょっとそこは、同級生に対して醒めてたっていうか距離をもって見てたね。同じ世代って言われたって数が多すぎて。まあだからおおらかというか、自由だったのかもしれないけどね。

――夢？　それは今ってこと？　ああ若い頃のことね。

もちろん、稼ぐことだったよ。

会社を大きくするというより、日本中でどこの家でも商品が当たり前に使われている、そういう食品会社にすることが成功だと思っている。

――人の上に立つこと？

社長というのは、たまたまそういう役割をしているってだけで、人を支配するのが目的じゃないんだ。

そうだね、上から下へ命令する司令官みたいな仕事だと思われているのかもしれないね。そこまで私は威張っていないと思うんだけどな。

（かなちゃんならわかってくれるだろう。だが君も陰では老害なんて言っているのかな。それはそれで健全なことだよ、若い者が年寄りを批判するのは）

責任者だから問題があればすぐに動く。問題がなくても年中動いている。動くのは、それが仕事になるからだ。可能性が広がるからだね。小さなプライドにしがみつくのは弱いやつだよ。年齢は関係ない。思い切って動かないとじり貧になる一方だと思う。

誤解があったり、間違いがあったら謝ることも大事だね。私にとってはそんなこと、なんでもない。簡単なことだ。私が謝ると殆どの場合、相手はびっくりする。でも顔を上げれば目の前がすっきりしていて、まっすぐ歩き出せるようになっている。

それが経営者の役割なんだよ。

道を拓《ひら》くこと。会社のみんなを正しい方向に導くこと。

実際に生産計画をたてるのは管理職の仕事だし、種まきをして手入れして作物を育てて刈り入れをするのは現場のみんなの役割だ。

私の仕事はわかりにくいかもしれない。インフラと言えばいいのかな。道路や鉄道を作るような仕事だ。交通網がなければ現場まで社員がたどりつけないからね。わかりにくい喩えだろうか。

まあしかし、普段やっていることは殆ど資金繰りだよ。資金っていうのはつまり電気や水みたいなものだね。きちんと流れているときにはそれが当たり前のように感じるけれど、なにかで停電や漏電があると大変なことになる。銀行とのつき合いは、用水路を整備して田んぼで働けるようにすることだよ。それにはちょっとだけコツもある。ときには我慢も必要だしね。

――リーダーとはなにか。

「機を見るに敏」という言葉があるだろう。

状況を見てすばやく動くのがとても大事なんだ。

ピンチもチャンスも人事の変わり目だ。市長や知事、国会議員、銀行など金融各社、材料や運輸など関係会社の役職人事はもちろんのこと、地方紙やイベント屋、広告代理店、商社その他もろもろ。新しく着任したひとは、なにか仕事をしなければ落ち着かない。できれば前任者ができなかったこと、評価が定まって今後が楽になるようなスタンドプレーがしたいと思っている。それが私たちの商売にとってのきっかけだ。

道義とか思想信条なんて関係ない。そのときがそのひとのスタートなんだから。一種の装置だよ。カチカチ鳴ってる火打ち石のそばに、わっと焚きつけになるものを押し込んで、燃やしてやるんだ。


リーダーっていうのは孤独なもんだよ。それを苦にするようなやつはリーダーにはならないね。誰しもね、年をとったら誰も怒ったり間違いを正してくれたりしないからね。余計に孤独になる。

男ってものは基本、年をとるとさびしがるものなんだけどねえ。

私の場合、さびしいって気持ちが根本から欠落してるのかもしれないね。それが私の弱みだ。さびしいというのはむしろ強みだから。


もちろん仕事は社員にとって生活の中心だ。

経済活動が国の中心だ、みたいな言葉だね。

生き方も家族もそれぞれだからね。頭のなかなんてなおさらだ。だから幸せとか喜びとか会社からそういうものを押しつけたり、逆手にとって脅すようなことはよくないって思ってるんだよ。情緒で人を動かす会社は、いつか情緒でひっくり返される。ただし、例外もある。ノープランで作戦が当たるやつにはどうしたってかなわないよ。政治の世界で活躍するひとは、それなんだね。情緒と権力がかみあったときの怖さだよ。ここでも道義とか思想信条なんてものは、あとからかけるケチャップとかマヨネーズみたいなものなんだ。

（かなちゃん、君も、そういうのが好きなんだろう。いや、話しすぎたようだな。マヨネーズの話だよ。若者はマヨが好きだからな。うちではちょっと難しいんだ。一度発売しようとしたけれど企画段階でだめになった。お代わりはどうする？　ああ、いいよ。別にウィスキーにこだわる必要はない。なんでも好きなものを頼みなさい。カクテルの好みを言っておすすめを作ってもらってもいいかもしれないよ）

――どんなひとに影響を受けたかって？

世の中努力だけじゃなんともならない。そのためにいつも情報は集めているし、勉強もする。直感を磨くのも大事なことだ。縁起を担いだり、ちょっと迷信深いって思われることもあるかもしれないね。

どんなひとって。偉人とかじゃない方がいいのか。そうだな。

そう。こんな話していいのかね。先般亡くなったひとなんだけどね。もとは盛り場で、ああそう上栄新田《かみさかえしんでん》のスナックにいたすみれ姐さんって、ご存じ？　有名なひとだよ。顔なんか正直に言えば不細工なくらいだったけど、でも頭のいい姐さんでね。こういう仕事してると冠婚葬祭は欠かせないだろう。そういうので何度も顔を合わせるうちに、この姐さんとは馬が合うと思うようになった。またなんとも言えん味のあるひとでね。そんなんで長い長いつき合いになったんだ。

優しくはないんだ、母性を感じるタイプでもない。でも、次に誰が出世して、誰が死ぬかをよく知っていたな。

どこかの葬式の帰りだったか、車で送ってやる途中にこう言われたんだ。

「あなた、ほんとうに心がないんだね」

ほんとうのことだったから、さすがだと思った。

経営者にサイコパスが多いって？

さすがによく知ってるね。今はなんでもサイコパスって言うみたいだね。強烈な個性や冷静な感覚の持ち主もひっくるめてそう言われるらしい。

人はすぐものを忘れるし、状況次第で同じ言葉でもまるっきり逆の意味にとっていたりもする。だからなんと言われてもそれほど気にしないよ。

サイコパスの話じゃないんだ。そのすみれ姐さんっていうのが、ちょっと夢占いみたいなこともできるひとでね。それで、一緒に旅行に行くようになったんだ。愛人関係じゃなかった。

彼女の言うところのパワースポットとか吉方位にお参りに行くんだね。要するに高千穂だとか三峯神社だとか高野山だとかそういうとこですよ。それから温泉で一泊して、夢見を占ってもらう。

私自身のことも市場動向なんかもかなりのことを言い当ててもらったし、パワースポットの影響もあるのか知らないけれど、面白いように運気が上がる。これはもう必ずなわけで、それがなかったら、あんなおばはんと出歩かないよ。もっと若い子の方がいいにきまっている。

すみれ姐さんが紹介してくれた若い占い師は何人かいたけど、てんでだめ。見てくれは美人だったけれど占いは大外れだったんだ。言うことなんて適当でね、リーマンショックのことだって知らないくらい。まあそっちの方がふつうなんだろう。すみれ姐さんみたいなひとは二度と現れないのかもしれんなあ。

——後継者について。

これはまだ、なんとも(なんとも、というより、なんともならないのが実感だ)。

（長女は東京で弁護士として働いている。いずれ帰って来るものとばかり思っていたが、旦那が大反対しているらしく、だんだん本人もその話を避けるようになってきた。子供の教育は東京で受けさせたいとも言う。もともと長女はかなりはっきりとものを言うタイプで、それで妻との折り合いが猛烈に悪い。もう帰ってくるつもりはない、と何度も伝えてきている。私はまだ、なにかチャンスがあればと思っているのだが）

（次女についても絶望的だ。二人ともまともに親の跡を継げないのなら、存在しなくていい人間だったのではないかとすら思う。妻は長年一緒に暮らしてきたが、実は私を嫌っている。知っているがどうにもできない。もちろん結婚してなければ生活面では味気なかったかもしれないが、私はいったいなにをしているのだろうと思う）

（三芳君も思ったほどじゃなかった。器じゃないというか、もっと冷徹な人間だと思ったんだが。仏心というか最近やけに幸せオーラなんて振りまいていて、あれは小物だな。かれには、眞矢子の会社もあることだし眞矢子を支えて生きていくのがいいのかもしれない。

ああいうのは軟派とは、今は言わないらしい。硬派軟派の軟派と説明してもかなちゃんはぽかんとしている。チャラ男って言うのか。チャラチャラしているからチャラ男か。それじゃあ私みたいにしっかりしている男はシカ男なのかな。

言葉は変わる。今ではナンパというのは町で声かけることだけを言うらしい。言葉が変わるって言えば、「野菜がちな食事」とかいう表現も最近は聞かないね。うちのドレッシ

ングの売りだったのにね)

(自分が引き抜いてきた部下というものは、どうしても飽きが来る。申し訳ないが、そういうことはしばしば、起こりうる。残酷かもしれないが、会社というものは若い血や新しい血を欲しがるのだ。今も管理職待遇で入社をすすめているひとはいるよ。これはさすがにかなちゃんにもまだ、言えないが)

(なんとか、存続させたいとは思っているけれど、だめな場合だってあるかもしれない。ほかの経営者に比べたら私は柔軟に対応できるはずだ)

――好きな言葉。

「嘘も方便」かな。

疑似科学だって、みんな楽しんでいるのなら歓迎だ。まじめに勉強したって、十年も経てば常識が変わってしまう。学説だって通用しなくなったりする。食品を扱う以上もちろん安全であることは大事だけど、それは内部的な問題であってイメージが正しいか正しくないかなんて、ひとが気にすると思うかい。体にいいと思って食べれば体にいいわけだし、美しくなると思って食べれば、実際美しくなるのだ。

「棚からぼたもち」という言葉も好きだね。

まず、ぼたもちがのっている棚を見つけるんだ。見えないことをいつも考えている。予想する。そういうことを考えるか考えないかでそもそもスタートからして変わってくるんだ。漫然と待っていたって落ちてはこないからね。

――最も避けねばならないこと。

退屈じゃないかな。退屈を怖れる心は失敗に強い。

世の中は愛なんかじゃ動かない。好奇心が大事だよ。

え？

「かなちゃんこそ、少し違う仕事を覚えて、幹部候補生として働いてはいかがなものかと思うね。君には見どころがある。いいよ、なんでも言ってごらんなさい」

ああ、そうか。政治家ね。前から興味があったようだもんね。

そうだったのか。

しかしどうだい、いつでもまたここに帰れるようにしておくというのは。君は自分で思っている以上に優秀だよ。

君には野心がある。野心はものすごく貴重な資質だよ。

野心だけはひとに教えることができない。親から子へ与えることもできない。世界中の王室から商店まで、大昔から今に至るまで同じことに悩んできた。

野心と才能があればなんにでもなれる。政治家だって、なれるさ。君なら大丈夫だと思うけれど、車輪は自動車みたいに四つあるといいね。たとえば政治の世界しか知らない政治家は一輪車に乗っているように危うい。すぐ倒れるよ。政治と経済だけでも、自転車みたいに走り続けていなければ倒れてしまう。政治と物理工学と哲学と音楽が専門なら、立ち止まっても強いだろ。私だって出来ちゃいないけどね。


――今後、なにが儲かるか。


世の中にはいつの間にか見えない人が増えたし、自分にも見えない部分が多い。すみれ姐さんは中間的な人材が、このあとすごく貴重になってくると言ってた。それは当たってる気がするね。既にそういう人材は枯渇しかかっている。

消費者というのは、あらゆる階層のことだからね。

好きなひとや自分の所属する階層だけにものを売るのなら、それは商売じゃなくて趣味だからね。橋渡しが出来る人材が必要なんだ。

流行は回るって言うじゃないか。トランプの神経衰弱みたいなものだよ。次に流行るものは、今は裏返してあるカードなんだ。だから、今あまり流行っていないことを少し知っておくと役に立つかもしれない。ファッションとか、高級車とか時計とか宝石とか、そういう、若い人がまったく興味を示さないものについて。人気のないスポーツとか廃れてしまった遊びとか。好きになる必要はないけれど、どこがそんなにいいのかってことをね。

今見えている、表になっている札なんていつだめになるかわからないんだ。

――この街はどうなるか。

年寄りはみんな逃げ切ろうとしている。自分だけは考え方もやり方も変えずに過ごしたいと思っている。最後の最後に裏切れば済むとも思っている。そういう今までためこんでいた負のエネルギーが発散されるときがきたら、雪崩を打ってみんな走り出すだろうね。そのときには必要のないひとまで、つられて動くだろう。年寄りじゃなくても逃げ出したくなるだろう。付和雷同ってやつだ。

いざそうなったとき、誰が得をすると思う？

逃げないひとだよ。

いつだって儲かるのはひとの真似をしなかったやつだけだ。もちろん大損するのもそうなんだけどね。小学校から人の真似をするように、同じことを考えるように教えるのがどうしてか、これでわかるだろ。従わせたいからだ。自分だけが得をしたいからだ。大衆には儲かってほしくないし、権力も与えたくないからだよ。

これからの時代、人材確保はますます難しくなる。それなのに人件費は外国より安い水準に抑えられる。工場のオペレーションはＡＩの導入で簡単になるかもしれないが、物流は担い手が不足した状態がしばらく続く。

そこに世代交代が起きる。

社会現象としての逃げ切りの影響で、相続放棄された土地が出回るんじゃないかな。たとえば地方の駅前にあった個人商店なんかが一斉に放出されて、投げ売りになるとか。

何が起きると思う？

これはあくまで私見だけれど、そのとき学校と町工場が駅前に帰ってくるかもしれない。そして工場労働者のための飲食店や住宅、新しい繁華街もできるだろう。安くて使いやすいものが揃うだろう。地方都市でも車で通勤する必要がなくなるんだ。学生や外国人は車を持たないから、昔みたいに人が歩いている町が地方にも戻って来るかもしれないね。ただしその街は工場にしても学校にしても、ちっとも懐かしくないかもしれない。その頃の資本は、外国のものになっているかもしれない。かつて私たちが馴染んだ風景とは全然ちがった雰囲気になっているかもしれない。

そのときになってみて、はじめて君たち若者は「寛容」というキーワードを美徳として選んだことを後悔するかもしれないね。

——生涯現役か、いつかは引退するのか。

すみれ姐さんの占いでは、楽しい話もあったんだ。タバコがだめになっただろう。次は当然アルコールの規制が入る。私はコーヒーが飲めない時代が来るんじゃないかって聞いたんだ。そしたらコーヒーが廃れてもフルーツは大丈夫って言ってたね。それに温暖化でフルーツにシフトする農家も増えるみたいだよ。新しくやるならフルーツ中心の小さなスタンドがいいって言われたよ。ジェラートとかクレープとかフリッターを売る店だね。

ちょっといいなと思って、それが今の自分の夢なんだ。引退して、街角にそんな店を持つのがね。いつまでも出しゃばるのはみっともないと思っているんだが、でも端っこでいいから舞台に立って見ていたい気もするんだよ。つくづく私は欲深いのかもしれないね。ずいぶん飲んだね。そろそろチェックしてもらおうか。車も二台、呼んでちょうだい。

各社のチャラ男

佐久間和子（48歳）による

東京は遊びに行くところ。

遊びは大切だ。カスタマーサポートなんて仕事をしていて、オンとオフの切り替えができなかったらあっという間に病んでしまう。命にかかわるのだ。そんな仕事をしながら子育てや介護もしてきた。夫が理解のあるひとでよかった。一番大変なときでも、お互いに完全に休める日を決め、一人でゆっくりする時間を確保してくれた。休日になると夫は渓流や山奥の湖に釣りをしに出かけ、私は街に出て発散した。子どもが高校生になってからは遠出もできるようになった。年賀状のやりとりだけだった友達が少しずつ戻ってきた。

東京はつかの間の自由な気分を味わいにいくところでもある。女友達と二人で昼間からビールやワインを飲むことだってできる。ほろ酔いになってから次の遊びに出かけてもいいのだ。車の運転がないし、知り合いに会うこともない。地元では昼間からアルコールなんて考えられないことだ。気分的に解放されていれば不満だって明るく言える。

都築えみりは三十年来の友人だ。私より二つほど年上で、板橋区に住んでいる。私たちが出会ったのは運転免許合宿だった。私は今でも車通勤だし、子どもや夫の送り迎えもするけれど、えみりはずっと独身で車なんて何十年も運転していないと言う。彼女は土地開発の仕事をしていて（どうしても私はデベロッパーという言葉に馴染めない）暮らし方も環境もまったく違うから多くのことは共有できない。干渉もしない。だからこそ一緒にいて楽しいのだ。人の悪口を言っても地元みたいにエスカレートすることはなくて、さっと終わる。後味が悪くならない。しがらみがないから、今ってなんか戦前みたいで怖いよねとか、オリンピックなんてやめたらいいのにとか言える。なんなら政治家の悪口だって言える。さらっと言える。自分が、さらっとした都会の人間になったような気がして嬉しい。

そして東京は、あったかもしれない別の人生を探しに行くところでもある。私には上京するチャンスも度胸もなかった。だからこそ遊びで「もしも東京に住んだら」と考えるのは楽しい。何区のどこ駅に住んだのだろう。中学や高校にはどうやって通ったのだろう。通勤は何線を使って、恋人はどのあたりに住んでいて、どこでデートをしたのだろう。目黒線界隈、浅草や下町の方、中央線沿線……これからかなえたい夢ではなく、こんな人生だったと過去を捏造するような、うその自伝を書くような遊び。行ってみてけっこういい線行ってると思うこともあれば、まったく無縁だとわかる街もある。えみりはそんな妄想じみた散歩につき合って一緒に笑ってくれる。

普段の生活ですっかりなまってしまった想像力の翼を広げる。それがえみりと私の街歩きのテーマだ。


東京駅で電車を下りた。待ち合わせをしたカフェで、えみりはいつも通り生まじめな顔をして座っていた。

「元気だった？　仕事忙しかった？」

「そんなでもないよ。娘さん元気？」

「うん。遊んでばっかりいるけど、来年はもう就活」

「旦那さんは」

「相変わらず。えみりは最近どうなの」

「どうって」

「恋の話はもうないの？」

「ないね」

一度すっぱりと否定してから、声のトーンを落として、

「そういや、ずうっと昔に別れた男から誕生日おめでとうって言われた」

と言った。

「え、ほんとに？　どうなのそのひと？」

「無理。もう絶対ない感じ」

「ダメかあ」

昔は私たちだってリアルな恋の話をしたのだ。

結婚した後に惹かれる男性だっていたのだ。

最近はお互いにさっぱりだ。昔この川にも鮭が上ってきていましたとか朱鷺《とき》が田んぼにいましたとか、そのくらいのさっぱりさだ。


さて今日はどこに行きましょう。私たちは事前に予定を決めないでお互いの顔を見てから話す。えみりが、

「私、久しぶりに原宿行ってみたい」

と言ったので驚いた。原宿なんて、そんな街があることすら忘れていた。行ったことはあるけれど、ずっと昔のことで、今どうなっているのか想像もつかない。

「今、えーって思ったでしょ？」

「うん。だって、大人が行ってもいい街なのかなって思ったから」

「大人が行っちゃいけない街なんてないと思うよ。でもそれを、見に行こうよ」

ちょっと待ってと言って路線図を広げる。もちろん、えみりはどうやって行けばいいの

かわかっているのだろうけれど、私は自分が納得しないと動けない。仕事のときでも規約やマニュアルが手元にないと気が済まないのと同じだ。若いひとなら乗り換えアプリで見るのだろうけれど、ロックを解除してアプリを立ち上げて駅名を入力する手間を考えたら、手帳に挟んである路線図を見た方がずっと早い。中央線で新宿まで行って山手線かと思っていたらえみりが小さな声で言った。

「大手町から、半蔵門線で一本だよ。薄紫色の路線」

「下りるのって表参道？」

「うん」

毎度のことながら感心する。駅名と路線名が繋がるだけでもすごいのに、たくさんある地下鉄のシンボルカラーがすぐに出てくるのだ。丸ノ内線は赤、千代田線は緑、銀座線はオレンジ。色で言われたら乗り換えのときにも迷わないという。私は地下鉄が苦手だ。それに色なんて山手線の黄緑、中央線のオレンジ、総武線の黄色しかわからない。

「全部知ってるわけじゃないよ、自分がよく乗る線だけだし」

「原宿と表参道と明治神宮前の区別がわからないんですけど」

「同じようなエリアだから大丈夫だよ。東京の人だって区別してないもん」

東京駅よりさらに複雑な地下鉄の大手町駅のことはお手上げだからえみりに任せて、ついて行くことにした。

「昔の地下鉄ってよく電気が消えたの、知ってる？」

地下鉄に揺られながらえみりが言う。

「停電かなにか？」

「銀座線と丸ノ内線だけなんだけどね、ポイント通過のときに、一瞬なんだけど車内がまっ暗になるの」

「へえ」

「補助灯のランプがつくんだけど、それがレトロでかわいかったの、なんていうのかな、下向きの矢印みたいな形でね」

「それっていつごろ？」

「どうだったかなあ。平成入ってからもあったかなあ」

「いいなあ、えみりはいろんなこと知ってて」

「何の役にも誰の役にも立たないよね。こんなこと」

「だからいいんだよ。役に立たないから」

表参道の駅はたいへんな人混みだった。外国人も日本人も、スポーツカジュアルとでも言うのか、ラフな格好のひとが多かった。そして流れが不規則だった。私はまるで自分が洗濯槽のなかの洋服になった気がした。ほかのひとに巻き込まれてくしゃくしゃにからまってしまいそうだった。えみりは、すいすいと泳ぐように雑踏を横切って行く。子犬の気持ちで薄紫色のロングカーディガンの裾を追った。階段をみつけて地上に登ると、ほんとうに泳いだあとのように疲れた。

表参道の並木道は、まだ人の歩く方向が定まっているだけ地下よりもマシだったが、私はかなりやる気をなくしていた。

「やっぱり、原宿ってさ……」

と言いかけると、えみりは眩しそうに笑ってこんなことを言う。

「原宿って特別だよね。若い頃と直結しちゃうからエモい」

「『エモい』ってどんな感じ?」

娘もよく使うんだけどわからない。「わかりみ」とか「エモい」は自分で使える気がしない。

「なんか、すごい昔のこととか思い出して、不必要に照れたり羞恥心がわき上がってきたりするでしょ? わーって感情が迸《ほとばし》るのがエモいじゃないかな」

ただの懐かしさではなく、心が揺すぶられるような感じなのだろうか。

「ラフォーレとか見たら昔に戻るよねえ。えみりも来てた?」

「うん。子どものときはキデイランド。高校生のときは文化屋雑貨店とか宇宙百貨とか」

「大中もあったよね」

「そうそう！」

「私は竹下通りかな」

来たなあ田舎から。ださかったなあ私。

キャラクターズブランドの服って全然似合わなくて、地元で着ても浮いてて、楽しいけれどちっともうまく泳げなかったなあ、あのころも。もちろん今も。

だからと言って、人の波に乗れる街ならそれで馴染んだ感じがするかと言えば全然そんなこともないのだった。

こっちこっち、と言いながら、伊藤病院の角を折れる。

同潤会アパートがあったところだ、とかろうじてわかった。

まい泉でとんかつを食べて、ビールを飲んだ。昔はまい泉じゃなくて井泉だったんだよとえみりが言った。お風呂屋さんの建物だったとは聞いたことがある。お風呂屋さんが井泉になってまい泉になったのだろうか。

丁字路も多いし、急に坂があったり高台みたいなところがあったり、地形はかなり複雑だった。

「ほんとは原宿って懐かしい場所だったはずなんだよ」

えみりが言う。

「えっ、なんで？」

「母方の祖父母の家がこのへんにあって。母は相続しなかったし、家ももうなくなって店舗になったって言うし、場所の記憶もあやふやなんだけど」

「神宮前なの？　それってすごくない？」

「私が育ったわけでもなんでもないし、ただ昔は来てたから、その痕跡を探したいんだ」

「じゃあ、キデイランドもラフォーレも、おばあちゃんちの近所だったってこと？」

原宿のおじいちゃん。原宿のおばあちゃん。

当たり前にそう呼んでいたし、奥の方はごくふつうの、とっても静かな住宅街、といっても戦争で焼けたところに新しくできた街だった、とえみりは言った。

すごい。

こういうことを言われると「すごい」で頭がショートして、その先に進めなくなる。共感できなくなる。

もし私がここに生まれていて、えみりもおばあちゃんの家で育って、私たちが同級生だったら。

キャットストリートで遊んだりしてたの？　近くの公園が代々木公園？　買い物とか、どこに行ってたんだろう。

無理だ頭がついていかない。

どうかしたら、えみりはこの辺に住んでいるマダムだったのか。でも原宿にマダムなんて存在するのか。それすらわからない。

そのとき、

「ここ知ってる！」

とえみりが言った。

「この道、暗渠になってるんだと思う」

「川だったってこと？」

右側だけが壁になっていて、その壁に貼られた古いタイルにアーチの痕跡があった。橋だったのだろうか。アーチになっている部分が暗渠になっている川に流れ込んだ支流の跡なのだろうか。

「もちろん、私が見たときはもう埋め立てられてたけど、おじいちゃんに教えてもらったの。今も少しは水が流れてるのかも」

渋谷川なのかな、とえみりは言った。渋谷が谷なのは知っているけれど、渋谷川なんて川は知らなかった。

滑り止めの模様がついたコンクリの道や、くの字に曲がる路地をいくつも歩いた。しっくりくる土地は見つからなかったが、たしかにこのあたりのどこかではあったと言う。そのモヤモヤも楽しいとえみりは言った。表参道から離れるにつれ、ちらほらと残っている住宅も出てきた。

「相続できたんだねえ。大変だっただろうな」

溜息混じりにえみりは言った。


路地裏は決して人を拒否するような感じではなかった。おばさん二人連れで雑貨や服を売っている店に入っても、微妙な空気になることはなかった。若くて個性的な店員さんたちは皆、感じよく接してくれる。そういう意味では、パリやミラノに来たみたいだった。

歩き疲れたので、一軒家のカフェに入って私はアイスティを、えみりはエスプレッソを注文した。メニューにはもっといろいろとあったけれど、瞬時に無難なものを選んで、あとから勿体ないと思う。いつものことだけれど。

「街がわざとらしくデザインされてない感じがいいね」

「それだ!」

とえみりは笑った。

「もうね、お腹いっぱいなの。デザインとかポエムとか、空虚でほんといや」

「ポエムって?」

「マンションの広告にコピーついてるでしょ。『荘厳な時を刻む輝きの先へ』とか。マンションポエムって呼ばれてるやつ」

電車とかで見たことがある。クリスチャン・ラッセンみたいな絵柄の広告のことだ。あるあるマンションポエム。

「あのポエムって誰が作ってるの？」

「作ってるのはもちろんコピーライターさんなんだけど、それをあれこれ言って決めてるのは当社のチャラ男」

「それって、前に聞いた『俺のレベルまで上がって来いよ』って会議の席で一席ぶったチャラ男さん？」

「あっちはもう辞めた。別のチャラ男」

「なんだ辞めちゃったの」

「チャラ男って、わりとすぐ辞めるよね。諦めが早いのかな」

「男社会がつらいんじゃない？」

人事にチャラ男枠というものがあるのか知らないが、辞めてもまた別のチャラ男が来る。うちの会社もそうかもしれない。そうやってチャラ男は入れ替わり立ち替わり世の中を回遊しているようだ。

「そうかも」えみりが言った。「それで、御社のチャラ男はどうしてるの？」

そういえば、えみりに話そうと思っていたことがあった。

「こないだ、会議で面白いことがあったんだ」

会議というのは、新社屋のコンセプトメイキングだった。女性社員の意見も聞きたいという社長の意向で私に声がかかったのは、決してセンスや力量を買われたわけではない。面倒くさいことを言わない女性社員という点で選ばれたのだと思う。そうは言っても誰でもいいわけでは全然ない。社内不倫がバレバレなことに気がつかないあの子とか、文句を言ったり喧嘩をしたりするのが仕事だと思っているあの子とか、商品知識もビジネスも知らない素人同然のあの子じゃだめだということで消去していったら私が残ったというだけなのだ。女性社員を見るときだけはシビアになる。

会議室の照明が落とされ、正面のスクリーンに「ＣＩと連動した新社屋コンセプトメイキング」というパワーポイントのタイトルのばかでかい文字が五秒間映し出された。パワポというのは情報量が少ないのにもったいぶっていて時間ばかり食う。遣い手の知能の低さだけが確実に伝わる。

「どんな社屋にしたいですか」

と聞くだけなのに、くだらない模式図や著作権フリーのイメージ画像が並べられ、仕切っている樋口君が、わざわざ書いてある文字を棒読みした。ああこれは伊藤さんなら開始三秒でキレる会議だと思う。かなちゃんの語彙では呼ばれない会議だとも思う。

おじさんたちは「明るさ」「快適」「安全」「フレッシュ」「食の楽しみ」「生き生きと働く」「落ち着いていて、やる気が出る」などの言葉を挙げていった。幼稚だと思ったが私も合わせてお茶を濁すことにした。

「なんて言ったの？」

えみりが笑いながら聞く。

「ナチュラルテイスト」

「古っ」

「そうなの。自分でもくだらないと思った。だけどチャラ男さんが立ち上がって『すごくいいね。テイストを意識したところはさすがですよ。でも本当に必要なのはKAWAIIだと思いません？』って言いだしたのよ」

「かわいいって、どういうこと」

「ローマ字のKAWAIIだと思う」

会議の席上で部長から名指しされ、笑顔で賛同を求められれば、はいと頷くしかない。

チャラ男は目をキラキラさせて言うのだった。

「KAWAIIは最新の日本文化として海外にも受け容れられています。つまり当社の時代を読んだインテリジェンスもアピールできるのです。さらに当社製品の購入に関するディシジョン・メイカーの多くは女性です。新社屋にKAWAIIコンセプトを取り入れないなんて手はありません」

チャラ男さんはKAWAIIという言葉を七回くらい繰り返した。「カォゥワイイ」という発音が気持ちわるかった。

「佐久間さんの案はね、ナチュラルテイスト？　まずまずいいとこまできていたんだけど、いかんせん古いんだよね。いやでも佐久間さんにしちゃ気が利いてました。とてもすてきな発想をいただいたと思いますよ」

なに言ってんだこいつ。女はKAWAIIなんて好きじゃないんだよというドスの利いた声が自分の脳内に響いたが、古くてすみませんと小さくなるしかなかった。

ところで私が座っていた席は、会議テーブルの三芳部長の側であり、かれが立ち上がらなければ顔も見ずに済んだ。そのかわり顔を上げれば、チャラ男の正面に座ったひとびとの顔がいやでも目に入る。

私はそこに異変を見た。

皆さんが、まずいものを食べた動物のような顔になっている。

ポーカーフェイスの社長は首を傾げていたが、わざとらしい咳払いをして「次の会合があるので、ここで失礼」と言って出て行ってしまった。

会議室に残されたのはまずい肉を食べたイヌのような生産統括部長、まずい草を食べたウサギのような常務取締役、まずい虫を食べたトカゲのような商品開発部長、まずい木の皮を食べたカモシカのような営業担当者、そしてまずい魚を食べたセイウチのような専務といった面々だった。

ウサギ常務が進行役の樋口君を見た。樋口君は寝起きのリャマのようにもっさりとした顔で、

「一応案は出尽くしたということで、次の議題に参りたいと思います」

と言った。


「言葉が地雷だったわけ？」

エスプレッソを飲み干して、えみりは言った。

「そう！」

「なんでだろう」

「かわいいに恨みがあるんだよ」

つまりこういうことだ。

ニッポンのおじさんたちは、利用価値のない「かわいい」が大嫌いなのだ。利用というのは、支配や管理、もしくは攻撃の対象のことだ。

なぜか。

おじさんたちこそ、本当はかわいいが大好きだからだ。かわいいを独り占めしたかったからだ。

イチゴのショートケーキが好きなのだ。水玉模様が好きなのだ。ふわふわもふもふが好きなのだ。ハートマークが好きなのだ。ピンクのシャツが好きなのだ。レースやフリルが好きなのだ。ケーキやパフェが好きなのだ。

だがそれは厳に慎まなければならない。

おじさんたちはそうやって育てられてきた。幼いころから、人前で下半身をいじってはいけないのと同じように教えられたため、自然に性的タブーと結びついた。

世の中の女性は、かれらのタブーなど知る由もない。

それならば利用してしまえばいい。支配して自分に属するものにすればいい。所有してしまえばいい。

こうして、モテというものが生まれた。それは株式のように抽象的な含みを有する価値観であり、一株も持っていない者でさえ市況を語るようにモテを論ずることができた。ほんとうの好みや嗜好、恋愛感情とは異なる都合の良さがあった。つまり、モテないからといってふてくされても許されたのである。それはお金がないから僻むことや地位が低いから僻むことのように、残念だが仕方がないこととして黙認された。モテるという価値観に走ったかれらは、かわいいを失った悲しみを忘れることができたかのように見えた。

だがしかし、心の底でそれは生きていた。

かわいくなりたい。かわいいもので自分のまわりを埋め尽くしたい。いつしかその信念は乙女の姿となり、胸のなかに監禁された。外出どころか、その存在さえ口に出すことができない秘密の乙女はしかし、すくすくと育っていったのである。そしてチャラ男が臆面もなくKAWAIIという言葉を発したとき、秘密の乙女たち、さなぎのまま腐ってしまった内なる乙女たちは許容のどろどろの限界を超えて暴徒化し、目下の女性をいびりたおすお局様へと変貌を遂げた。なぜおまえにそんな甘さが許されているのか、私たちは許しません、とお局様たちは叫んだのだ。

チャラ男の中身はばか女である。おおらかというか若いというか、無鉄砲というか、ばかなことを平気で言ってしまうところが本質だと思う。ビジネスやフォーマルな場で実家での習慣とか、体のこととか、そういう極めてプライベートな話をしてしまうとか。そういう類のことなのだ。

おばさんたちは身を以て知っている。三十過ぎたらひどいしっぺ返しをくらうことを。おじさんたちは、本当はいつだって攻撃ができる。いざとなれば相手に致命傷を与える刃物みたいな言葉を使いこなすことができるのだ。おばさんたちはそこでまた、何かをそぎ落とされてしまう。それっきり、余計なことは言わなくなる。これ以上身を切られないため、おじさんたちを刺激しないためだ。おばさんたちはよっこらしょと言いながら重たい鎧を身につける。そして痛みも感情も殺して淡々と生きていく。

ところが齢四十を過ぎたチャラ男は平気だ。外側はおじさんなのに、臆面もなくわがままな女の子みたいなことを言う。ビジネスやフォーマルな場でも着ぐるみを脱ぐし、脱いだら脱いだでばか女が出てくるのだ。

これに怒らないおじさんがいるだろうか。

だが、おじさんたちは自分が何に怒っているのかすら、わかっていない。かれらが感じてしまうのは、

「チャラ男がモテアピールをしている」

ということなのだ。

しかも、会議というフォーマルな場でモテアピールを。

俺がこんなに我慢をしているのに。

不快が充満し、蒸気エンジンのようにピストンを動かし始める。怒り狂ったかれらは自分たちがお局様に変身していることに気がつかない。

自分にはまったく影響が及ばない、燃えさかるお局おじさんたちの対岸で、思う存分チャラ男とのせめぎ合いを見る。こんな楽しいことってあるだろうか。こんな特等席があったとは。

会議って最高だ。

私は腹を立てない。おばさんだからだ。かわいいなんて一瞬のもので結局は使えないことをよく知っているからだ。どうせ痛い目に遭うことがわかっているから、私が叩かなくてもいいのだ。

「ダメダメなの憎めないんだよね。チャラ男って」

「チャラ男はフレンドリーだから。どんな女性にも。おばさんにも」

「そう、そこはいいとこだよ」

「でも、それがまた見境ないとか思われるのかも。俺モテてるアピールに見えて、スイッチを押すのかも」

つくづく業が深いと思う。

もう少し、考えも深ければと思う。

「友達になれてたら、違ったのかな」

「人事のお姉さんもきっと、そう思って繰り返し雇うんだよね」

「それも、業だねえ」

「仕事さえ一緒にしなければ、チャラ男ってそんなに嫌じゃないんだけどね」

「仕事になると変な負けず嫌いを見せるんだよね。あまりにも薄っぺらで腹も立たないけど」

「私だって、少女を封印してきたよ」えみりが言った。「えみりなんて名前もとっても嫌で、親を恨んだことだってある。いわゆるピンクが嫌いな女の子だったし。自分は地味でもクールになりたいって思って、いろいろ禁止しちゃったんだよね。ガーリーは似合う子がやればいいって思ってさ」

どうしてかはわからないが、言いたいことはわかる。

私たちは、そうやって一度は原宿から立ち去ったのだ。

「わかるよ。年齢的なこともあるけれど、なんか柄じゃないことやってると、もっと傷つくようなことになりそうで、身を引いたんだよね」

「でも、もういいんじゃない？」

えみりは明るい表情で言った。

「フリフリのスカート？」

ちょっと待って。と言ってえみりはメニューを引き寄せた。それから店員を呼んだ。

「ストロベリークリームソーダ」

私も目をつけていたものを頼むことにした。

「レインボーコットンキャンディのパフェ」

それはガーリーとの和解の宣言だった。

胸の中で小さくファンファーレが鳴ったような気がした。

チャラ男のオモチャ

山田秀樹（55歳）による

もういよいよだとわかってから、わたしは街に出かけ、高層ビルの展望ロビーで最後の自由な時間を過ごしました。

地上を走る電車や車が、ひどくのんびりしているように見えました。電車に乗っているとき、踏切や通過駅はあっという間に通り過ぎるのに山はいつまでも見えているのと同じで近くは速く、遠くはゆっくり見えるものなのです。

物の見え方とはそんなものです。身近なひとがくれた思いやりは数時間で意識から消え去ってしまうのに、遠い昔の失恋だったら何十年たっても覚えている。現在の自分の苦痛や悲しみを周囲のひとがわかってくれないと恨み、遠くのひとは何の悩みも苦しみもなくのほほんと生きているように見える。

実際のところ、どうなのだろう、とわたしはいつも思います。

最初から最後まで恵まれたひとたちだって、いるじゃないか。生まれ育ちと運が良くて、苦労しているひとのことなんて考えずに済む階級があるじゃないか。自分たちは楽をして高いところから正義やマナーを振りかざすやつらがいるじゃないか。その一方でわたしのように、悪事に染まってつらいだけの人生を歩む者もいる。これは紛れもない事実である。これでもわたしの物の見方は歪んでいると言えるのですか。

他人がどうであろうが関係ない。そうですね。それでもわたしは救われないのだと思います。衝動に抗う力はどこにも残っていない。心のなかでは常に、もうひとりの自分が「早く行こうぜ」「ちゃっちゃとやっちまおうぜ」と誘うのでした。ここ三年、わたしは苦しみながらも心のなかの、悪い自分をコントロールできたつもりになっていました。けれども、またあの癖が始まってしまった。わたしは、悪い自分の誘いに勝つことができないと悟ってしまったのです。

最初に万引きをしたのは、高校一年生のときでした。休みの日の午後、ターミナル駅にある大型書店はかなり混雑していました。店に入ったときは盗むつもりなんてなかったのです。それなのに映画やコンサートの情報の載っている雑誌を買うためにレジ前の列に並んでいたとき、ふと「ばからしい」と思ってしまったのです。二〇〇円もしない雑誌一冊を買うために五分も並んでいることがばからしい、くだらねえ、と思いました。

次の瞬間、わたしは身を翻《ひるがえ》すと同時に雑誌を丸めてスイングトップの下に潜り込ませていました。強烈な快感が後頭部から肩の方へ抜けていきました。そのまま大股で店を出るとき、生まれて初めて「おれってイカしてる！」と思ったのです。あの時代は優等生ですらワルぶってみることがかっこいい時代でした。

それがたった一度のことで、もしそのときに捕まって反省したのなら違っていたのでしょう。「思春期でむしゃくしゃしていた」ということになって、自分でも忘れてしまうほどの些細な失敗談となったかもしれません。だが、ばれなかった。

恐怖を感じたのは店を出てからでした。路地を抜け大通りに出てから走りました。誰も追ってはこないのに、逃げました。激しい鼓動が頭に突き抜けるようでした。恐怖と罪悪感が入り交じってひどい気分でした。ひどい気分でしたが、初めてタバコを吸ってむせたときや、お酒を飲んで悪酔いしたときのようでもありました。不快感の奥にもう一人の自分がいて肩をそびやかしているような感じです。

人間というのは不思議なもので、ドリアンだってくさやだって最初は悪臭なのにやがて大好きになってしまうのです。納豆だって似たようなものでしょう。それらはちゃんとした食べ物ですが、明らかに害であるものにも好奇心で触れてしまう。たとえばカメムシが臭いとわかっていても、久しぶりにカメムシを見かけたらどんな臭さだったのか思い出したくなる。つまみ上げて嗅いでみたくなる。カメムシは臭いというのは知識で、嗅いでみたくなるというのは衝動だ。実際にそうするひととしないひとはいる。衝動に負けるひとと負けないひとがいる。

でも、一生のうちに一度も盗まない人間なんているんですか。「黙って持って帰っちゃおうかな」「盗っても大丈夫かな」「盗られたことすら気がつかないかもしれない」「誰も見てなかったらいいんじゃないかな」ドキドキは不快ですか。嬉しくなりませんか。だって野の花を手折ること、木の実を食べることと同じじゃないですか。本能的なものじゃないですか。本能という言葉が間違っているのなら、人間という動物が長い歴史のなかで習得して馴染んでしまっていることじゃないですか。

わたしは本来、とても暴力的な男なのだと思っています。

大学時代、好きなひとができました。同じゼミのひとでしたがわたしよりずっと大人びていて、色っぽかった。気が強くて、頭が良くてしっかりしていた。仮にJ子と呼ぶことにします。わたしはいつもJ子のことを目で追っていました。

もともと要領が良い方ではないのに、J子の前でのわたしはとてもみっともなかった。彼女がいるだけで緊張してへまばかりしてしまうのでした。おまけに見た目が、これはもっと若いときから今に至るまでそうですが、動物のカバに似ていた。つまり顔が四角くて目がちょっと離れていて鼻の穴が前を向いている。今はおじさんだから仕方がないですが、若い頃は山カバ君なんて呼ばれてつらかったのです。

そんな山カバのわたしがJ子に恋をするなんて、こんな無様で滑稽なことがあるでしょうか。釣り合うはずがないのです。J子にはバイト先で知り合った彼氏がいるという噂もありました。

本来なら近寄ることもできない相手なのに、ゼミが一緒というだけで、がんばればなんとか話しかけることができたのです。なにを話せばいいかよくわからなかったわたしは、J子に受け容れてもらいたい一心で、まったく逆効果なことをしていました。たとえば卒論のテーマだとか、車の運転マナーだとか、就活のことなどで説教をしたのです。彼女の役に立ちたいという思いから出発するのに、わたしの口から出ることは全部余計なお世話でした。

ある日、ゼミの終わりに運良く教室で二人きりになりました。せっかくの機会なのに、私の口から出たのはコンパでの酒の飲み方についてでした。女の酔っ払いなんてみっともないだけなんだからもっと気をつけた方がいいとかそんなつまらないことをわたしは延々と話していたのでした。

「いい加減にしてよ」

と彼女は言いました。

「山田のくせに」

J子は顔とスタイルはよかったのですが、中身は生意気でいやな女でした。でも「山田のくせに」と言われた瞬間、わたしはなんだか、ふわふわした変な気持ちになったのです。

なんと言ったらいいのでしょう。軽く狂うような感じです。

「おまえのこと心配してやってんだよ」

わたしは言いました。それは本当のことでした。

「うざいよ。むかつく」

J子は言いました。

そうじゃない！

そんな汚い言葉を言わせたかったわけじゃない。わたしは「心配してくれてありがとう」って言ってほしかったんだ。「私ばかだから気がつかなかった。これから気をつけるね」って言ってほしかったんだ。かわいく笑ってほしかったんだ。そしてわたしがいつでもそばで見ていて、親身になって考えてあげるってことをわかってほしかった。

けれども、私の声は小さくて、態度はもそもそしていて、とても頼りがいのあるようには見えなかったでしょう。

J子は心底軽蔑するような目でわたしを見て、それからノートやテキストをバッグに詰め込み、立ち去ろうとしました。

次の瞬間わたしは、彼女の腕を摑んでいたのです。どうしてそんなことができたのかわかりません。びっくりするほど細くて、そしてひんやりとした腕でした。わたしはその腕をゆっくりとねじ上げていきました。それは、私が女の人に初めてふるった暴力でした。

「痛い」

J子は言いました。興奮が流れ込み、息が荒くなりました。しかしわたしは同時に静けさと冷静さに満たされていました。そう、満たされたのです。わたしは自分が彼女を自由にできるという喜びを感じながら震えている女性を残酷に観察していたのでした。

「やめて」

もう怒りや嘲《あざけ》りはありません。わたしは力関係が逆転したことを確信しました。

「どうしてほしい？」

わたしは言いました。

「放して」

「いやだ」

とうとうJ子が「お願い」と言いました。わたしは激情がピークに達したのを感じました。それでJ子の腕を放してやり、すぐに家に戻りました。もちろん自室に閉じこもって一連のことを脳内で再現するためです。

ものすごく興奮したのに、J子を敬い、憧れる気持ちは失せていました。所詮腕力じゃ男にかなわないのに思い上がるからいけないんだ、とわたしは思いました。その瞬間からわたしは彼女のことを粗末に扱い始めたのです。

翌日から彼女はまるでひとが変わったようにわたしに優しくなったのでした。怖がらないでいいと言ったのに、怖かったのかもしれません。わたしが彼女を粗末に扱えば扱うほど、彼女はわたしを大事にしようとするのでした。とても不思議だったけれど二ヵ月くらいでわたしは飽きてしまった。うんざりしてJ子と別れました。

大学を卒業して就職した先はアパレルでした。そのあとは住宅会社の営業をしていました。それから配送の仕事に就きました。全部、だめになったのは万引きのせいです。正直、無職でぶらぶらしていた時期もあります。

かみさんと知り合ったのは住宅会社にいたときです。彼女は展示場でインテリアコーディネーターをしていました。J子とは正反対のタイプで、見た目は地味だけど、おとなしくて真面目な女性でした。正直、好きだと思ったことはありません。向こうから近づいてきたのです。でも、だからこそ大きな暴力をふるったりしなくて済んだのだと思います。子どもはなかなか授からなかったので、生まれたときは実に嬉しかった。けれどもそれすらわたしが万引きをやめるきっかけにはなりませんでした。

かみさんはわたしが何度失敗しても、優しくしてくれました。いつも次のチャンスをくれました。別れた方がいいのではないかと言っても、わたしから離れようとはしませんでした。一緒に努力しようと言って、コーディネーターの仕事のほかにアルバイトまでして支えてくれたのでした。

ジョルジュ食品にはちょっとしたご縁で入社することができました。ごくごくプライベートなことです。ぶっちゃけ社長が運転なさっていたプリウスと接触しただけなんですが、それ以上のことは言えません。そもそもなんでいつものあの華麗なレクサスではなくて赤いプリウスなんかに乗っていたのかってことです。そして車の持ち主ではなく社長がハンドルを握った理由というのもね。それがおおっぴらになると社長はわたしが自転車で転んだ怪我なんかよりも痛いようで。ちょうどそのとき求職中だったわたしは縁故というかたちで中途入社できたのでした。

もちろん一番喜んだのはかみさんです。

わたしも滅多にないこのチャンスを失いたくないと思いました。慣れない仕事にもまじめに取り組み、こつこつと働いていました。二度と万引きはするまいと堅く心に誓っていたのです。最後に警察にお世話になってから三年が過ぎました。

食品関係の仕事をしていてこんなこと言うのもなんですが、わたしはあまり食に興味がないんです。味覚が鈍感なのかもしれません。

子どものとき、おやつは好きだったけれどごはんはちっとも美味しくなかった。味が薄くてぼそぼそした夕飯のあの感じが大人になっても続いているというか。おでんやシチューと一緒に米の飯がでてきたときの食べにくさというか。

アパレルにいたときはまだ時代がバブルだったから、接待の席にお伴することもありました。高級店に行ってしつらえが良いとかおもてなしがすばらしいとかはわかるんです。ただ、肝心の味がどうもはっきりしない。おいしいような気はするけれど、ほんとうかと聞かれたら、おいしいと言わされているだけという気がしてならないのです。料亭に行ってもフレンチに行っても、なんだかつまらなかった。そんなのより繁忙期に、時間がないと思いながらかきこむ牛丼の方がずっと旨い気がするのです。味のわかるひとから見たらさぞかしつまらないやつなんでしょうね。

でも、味のわかるひとって本当にわかっているのか、わたしは少しだけ疑ってしまうのです。やっぱり、ブランドとか産地とか値段とか市場から直送とか朝採りだとか、そういう情報があって初めて美味しいと認識してるだけなんじゃないかと。何もなしで食べてわかるひとなんてどれだけいるんですかね。

わたしが一番きらいなのは、テレビでタレントたちが食べるのを見ることですね。バラエティでもドラマでも、口に入れて数秒後に目を見開いて「んー！　ほいひー」と鼻から裏声を出すというリアクションは誰がやってもまったく同じ間合いで、仕込まれた芸にしか見えない。やっぱり味なんかわかんないんじゃないですか。

かみさんにはタバコのせいじゃないの、と言われています。何千回、何万回も言われました。うるさいのでタバコはやめました。いや、完全にやめられたわけではなく、何度も何度もやめています。でも、吸っていてもやめても特に味は変わらないですね。残念な男です。ただ最近は隠れて吸うタバコも美味しく思えなくなってしまった。たとえ商品の味が変わらなくても、時代が変わってしまったのです。背徳感みたいなものがいつの間にか罪悪感に上書きされてしまった。シガーのように一日一本とか、アウトドアのときだけとか、そんなふうに楽しめればよかったんですけどできっこないですね。それにもう私の人生にはそんな贅沢をしたり、生活を楽しんだりする日は来ないでしょう。

ジョルジュ食品にもチャラ男さんがいますが、あのタイプは実際どこにでもいるんです。見た目や性格はほとんど同じですが、能力は多少の個人差があります。ものすごくうっかりミスが多い、働くことそのものが向いていないんじゃないかというひともいれば、得意分野に限ってはなかなかやり手というのもいる。ひとことで言えば「狡猾」ですかね。権力者に好かれ、そして人事に関わることを無上の喜びとしています。

わたしはどんな業界に行ってもチャラ男さんの目の敵にされる。こちらから探さなくても、向こうから颯爽と現れる。匂いでもするんでしょうか。なにかわたしが知らずに踏んでしまう地雷か、気に障るポイントがあるのでしょうか。

転職したばかりのときは誰だって業界のルールを知らないし、どんなに気をつけて仕事をしてもミスはあるものなんですが、チャラ男さんはそれを見逃さない。ミスを見つけたら、獲物を見つけた鳥みたいに上空から舞い降りる。

そしてまず、外見から笑いものにする。外見がカバですからちょっとユーモラスに見えたりもするのでしょう。人間っておそろしいと思うのは、一度バカにしてしまったひとのことってあとから擁護できないんですね。まあしてもらおうとも思っていないですが。それに、わたしの場合はそれ以前の問題、逮捕歴や執行猶予中とかそういった事情がありますから、格好のオモチャになるわけです。

なんのためにそんなことをするかって？

おそらく、チャラ男さん自身もそれほど考えてないと思いますよ。何か意図してやったわけではない、でも結果として自分に得になることがついてきた。そうしたらやめないわけがない。

じゃあなんで、わたしが黙っていじめられているのかといえば、それほどのダメージを感じないからなんですね。本気で怖がっているわけではないんです。無視されるよりマシだなんて思うことすらある。わたしとしては皆さんに万引きの前科が知れ渡ると具合が悪い。チャラ男さんは個人プレーなので、情報は自分だけが知っておきたいんですね。だからパワハラみたいなことされても、チャラ男さんが盾になってくれているうちは誰もわたしの前科に興味を持たないんです。その代わりわたしの仕事の成果はとりあげられ、チャラ男さんの仕事の失敗の後始末は全部回ってきます。実力の如何にかかわらず、チャラ男さんは真面目に仕事をするなんてばからしいと思っていますから、何かと雑だったりありえないミスが出たりすることはあるんです。

それをフォローしていて、謝罪したり手直しをしたりして、まあ言い方はあれですが、アリとアブラムシみたいな関係でちょうどよかったのです。わたしはみんなの前では損な役割を演じるのが得だと思ったのでした。

かみさんの実家はいつも散らかっていて不潔でした。かみさんの母親は家族に何を言われても、パチンコがやめられないひとでした。できるわけがないのに、パチンコで負けを取り戻すと信じているところが、なにかに取り憑かれているみたいで、わたしには不快だった。

本当は勝ちたいわけでも儲けたいわけでもなくて、ただ面倒な問題から逃げるためだけにやっている。しかし問題とはつまり、パチンコが奪ってしまった家族の時間だとか増える一方の借金だとか、約束を破って壊れてしまった人間関係とか、そういう本末転倒な話で。

騙される方が悪いというわたしの考えからすれば、かみさんの母親は奪われる側、わたしは奪う側だから、真逆の人間だと思って来ました。でも、もう今はわかっています。同じことなんです。

自分と同じ醜さを認めるのが嫌でそう思いたくなかったのです。それにわたしがかみさんを悪い環境から救い出した気分でいたかったからかもしれません。でも、かみさんだってわたしのことなんか見ていなかった。

自分を犠牲にして母親を支えることがかみさんの生き甲斐で自分ができなかったことを娘にかなえてやることが彼女の使命でした。たぶんそこに終わりはなくて。夫であるわたしが誰であろうと変えること更生させることが彼女にとって永遠の夢であり、泣いたり傷ついたりしながらその役割を続けることしか望んでいなかった。

最初から見抜いていたのです。わたしがもしだめな男でなければ見向きもしなかったことでしょう。傷からしたたる血の匂いを嗅ぎつけて近づいてきたのです。

わたしはいつも盗んだものを捨てる場所を探しているのでね、建物の裏や物陰は見ているんです。だから不適切な関係ってやつをよく見かけるんです。不倫情報というのも歴代のチャラ男が欲しがるアブラムシの甘い汁でした。

不倫なんてする方が悪いに決まっている。しかも、社内不倫なんて社内の士気にも影響しますよ。部署も違うのに、ことあるごとに寄り添っている。仲のいい先輩後輩だとか異性の友達だとか言いわけしても、さすがにわかりますよ。そういう仲なら大きな声で喋ったり、げらげら笑っていたりしますからね。会話もせずににんまり佇んでいたりはしない。非常階段の踊り場だとか夜間出入り口の陰だとか空き店舗になっている階のホールだとかそんなところに潜んでいる友達なんてありえないでしょ。

ところがこの会社でわたしが見つけてしまったのはチャラ男さんご本人だったのでした。しかも相手は一色素子。つまらない女ですがどこかＪ子に似た不遜な感じがありました。深入りするつもりはもちろんなかったけれど、ちょっとだけからかってみようと思った。それが命取りになりました。チャラ男さん、本気で一色さんのこと好きだったのかもしれませんね。

もちろん窃盗は悪いことです。犯罪です。

でも、盗られる方が悪いという考えをわたしは打ち消すことができません。どうして自分がそういう考え方をするようになったのか、いずれゆっくり考えてみたいとは思う。捕まってしまったわたしが悪いのです。ばれるような盗み方をしたのがいけないのです。

何が欲しいなんてないんです。小遣いが足りなくて困っているわけでもない。ましてや飢えているわけでもない。ただ「なんだよ、これじゃ盗ってくれって言ってるようなもんじゃないか」という見下しのスイッチが入るとやらずにいられなくなるんです。

朝、家を出るときから、今日こそは盗らずにいられるだろうかとものすごく気をもんでいる。そのことばかり考えている。まともなひとに言ってもわからないかもしれませんが、盗った瞬間その心配から解放されるのです。

盗んだ物の処分がまた面倒です。欲しくて盗るわけじゃないから捨てに行くか売ってしまうか。それはものによりますけれど、どっちにしても家に持って帰るわけにはいきませんから、まずは車に積むわけです。ほんとうはわたしの盗品を誰かが黙って持っていってくれたら一番都合がいい。まあ、こういうのも、物に対する暴力というか、これが命だったら間違いなく虐待なんでしょうね。

今回は実刑を受けることになるでしょう。刑期を終えて外に出たとしても待っているのは灰色の暮らしです。

もう、誰も許してはくれないだろう。この先わたしを信用してくれるひとなんて誰もいないのだろう。娘には知られたくないと思っていて、これまでなんとか嘘をついたり誤魔化してきたが、もうだめだろう。すべてわかってしまうだろう。今度という今度は離婚した方がいいのかもしれない。娘が学校でいじめを受けないか、そのことだけが気がかりです。

三年前の裁判であなたの場合は病気なのだ、と弁護士に言われました。刑罰を受けても治らない、あなたが受けるべきものは本当は治療なのだと言われました。

窃盗症とかクレプトマニアと呼ばれる病気があるのだそうです。

でも、入院して薬を飲めば簡単に治るというものでもないらしい。克服するためには自分が変わらなければならないと言う。そして回復には長い時間がかかるとも聞きました。それなら何を以て病気と定義されているのでしょうか。なんでもかんでも病気扱いでいいわけがない。わたしは病気だなんて言われたくないのだ。そしてどんな病気かなんて知りたくもない。

もしも病気だったとして、これだけは言っておかねばならない。それ以外が潔白なわけではない。いいひとが病気になるなんて理屈はない。わたしの腹は真っ黒なのです。苦い経験から学んでまともな、いいひとになれるなら、幾多の戦争を経て世界はとっくに浄化されていたでしょう。苦労したひとや悪い癖のあるひとが純粋なんて言えるわけがない。

どうしたらやらずに済むかなんてわからない。反省や罰を受けることで変わるとも思えない。その前にわたしはまだ、盗むことをやめる決心がついていないのです。どんな罰を受けても死んでもかまわない、と思えるほどの興奮を人間は本当には手放せるのでしょうか。あの恍惚感を忘れて生きていくことなんてできるのでしょうか。

日が傾いてきました。もうすぐ、待ち合わせをしている人物がここにやって来るはずです。さっき駅に着いたと連絡がありました。ことが明るみに出るのはずっと先のことでしょう。わたしが待っているのは、社内ではそれほど接点がなかったものの、もっとも正義感の強い人間です。信用できるかどうかはわからないけれど、そのひとに手持ちの情報は託していきたいと思います。

チャラ男における不連続性

伊藤雪菜（29歳）による

スターバトルというペンシルパズルがある。クロスワードのようなマスに決められた数のスター（星マーク）を配置するというものだ。上下左右と斜めの隣接地にスターを置くことはできない。星の数が増え、大きな盤面になるとなかなか苦労する。

スターバトルという名前だけれど、スター同士が接触して闘うわけではない。スターのマスはまわりの8マスに守られている。大事なスターを守る。ぶつけない。傷つけない。壊さない。ガラス製品や卵を扱っているような気分になる。

終わればまた次のものに挑戦し、繰り返し解いた。仕事が終わったあと、家に帰りたくなくて駅のそばのカフェでずっとそんなことをしていた。いやなことを何も考えずに済むし、時間がつぶれるからだった。パズルが解けても現実の問題はなにも解決しない。でもちょっとすっきりする。集中した分だけ頭が疲れる。いや、頭は少し前からずっと重くて変な感じだったのだ。

私はどんないやなことを忘れたかったのだろう。

なんでそんなに家に帰るのがいやだったのだろう。

何もかもいや、考えるのも動くのもいや、という気が強くしたのだけれど、何か問題を抱えているというよりも具体的に考えることが面倒くさかった。それが、会社を休む前の日々だった。

＊　＊　＊

人生の半分以上、私はいい子になろうとしてきた。

真面目が一番と思い込み、サボらずたゆまずズルもせずに生きてきた。生まれつきの才能も閃きもないから、勉強でもスポーツでも一生懸命が取り柄だった。それでやっと平均程度の能力だったが、私は自分の努力に満足した。

努力は私の友だった。

人の何倍でもがんばればいいと思っていた。

その結果がこれだ。笑えるはは。


心療内科に行くまでが大変だった。

夏ごろからずっと具合のわるさを自覚しながら働いていた。お腹を壊したり頭が痛かったりするのをやり過ごしていた。いらいらすることもあったが気圧とかPMSのせいかと思っていた。

ある日死にたいと思った。つらいとか失敗をしたとか、ひどいことを言われたからではなく、本当にふと思ったのだ。さすがにこれは生理とは関係ないだろう。驚いたけれども衝動が去ると、そのときは忙しくて忘れてしまった。

死にたいという気持ちはたびたびやって来るようになった。否定しても無視しても、出禁になった常連みたいに気がつくと入り口のところに立って私を見ていた。いつの間にか私はそれを選択肢の一つとして受け容れた。朝起きるとかクリーニング店に洗濯物を持って行くとかそんな些細なことでも、別の可能性として「ああでも、どうせ死んじゃうなら関係ないし。いっそ死んじゃおうかな」と思うのが癖になった。

だんだん、過去に何が楽しかったのかわからなくなってきた。疲れがひどくて、いつもだるかった。食欲もおかしくなった。

それでも仕事だけはしていた。

さすがに母親が、

「具合悪いなら病院に行けば」と言った。

心配して言ってくれたのに、そのときは小馬鹿にした口調に聞こえた。病気でもないくせにわざとだるそうな顔して、思春期じゃあるまいし、と言われているような気がした。

「別に病気じゃないし」

いい年して高校生みたいな答え方をして自分の部屋にこもった。

二度ほどそういうことがあって、母は何も言わなくなった。父はもとより何も言わなかった。


受診したのは暮れになってからだった。総務の池田かな子が心療内科を紹介してくれたのだった。

医師は、過労によるうつですねと言って三ヵ月休むように診断書を書いた。痛みがあるわけじゃない、全身麻酔の手術をするわけでもない。夏休み明けに学校に行けない子どものようにだらしなくなってしまっただけなのに、顧客の引き継ぎも挨拶もなしで、部長にわけを話し、同僚の岡野さんと十五分程度話をしただけで、帰っていいことになった。このブラックな会社で三ヵ月休みますがあっさり通用することが、信じられなかった。

自分に納得できなかった。体力が思ったよりもなかったこと、我慢がきかなかったこと、体ならまだしも心が弱っていることが許せなかった。実はサボっているだけで、自分が自分を騙そうとしているだけで仮病なんじゃないかと思った。弱っていることも卑怯であることもどちらも許せなかった。なにもかもが許せなかった。

元気になりたいとか回復したいとかそんなことは思わなかった。
ただ、タフでなかったことがくやしい。
医者は病気だと診断したけれど、そうするのが仕事であって、上司であるチャラ男こと三芳部長は私の弱さを笑っているだろうと思った。私はこれまで、正しいと思ったことをかれにぶつけてきた。だが全て無駄だったのだと思った。こんな病気になって不利益しかもたらさない自分なのに、正論なんか言うんじゃなかったと思った。実際に何か言われたわけでもないのにチャラ男のことを思い出し、勝手にそう思い込んでいらいらした。

うつ病という疾患は、完璧主義への罰として一番きついものを集めた病気なのではないかと思う。自分が完璧主義者だという自覚はない。でも誰しも仕事や生活のどこかで、ここだけは譲れないというポイントがあるはずだ。時間を守ること、嘘をつかないこと、箸の持ち方、食器の洗い方、上下関係、電車の乗り方、映画のエンドロール、それがそのひとを作っている正義だ。ところが病気になるとそれが難しくなる。できない他者を軽蔑し、正してきた自分自身が正義のひとではなくなってしまう。たとえば……起きられない。

朝どころか昼になっても起きられない。目は覚めているのだけれどベッドから出ることができない。トイレに行きたくても限界まで動けない。歯磨きや洗面ができない。洗濯どころか着替えすらできない。風呂に入らなきゃと思っただけで気が重くて、入らない理由をずっと考えている。水道料金がもったいないとか体が冷えるとか何か食べてからの方がいいとか。風呂に入らない自分を不潔だと思う。風呂に入っていない私は人に会ってはならない。家族とだってすれ違いたくもない。当然のことながら外出なんてできない。

食事がとれない。ごはんの炊けたにおい、湯気のにおいにウッとなる。食べられない私に用意されるごはんは出された瞬間から余り物もしくは生ゴミである。いや、生ゴミは自分自身ではないかと思い当たる。調理してくれた母親や食糧生産や流通に携わるすべてのひとに対して申し訳ないと思う。

食事がとれないから一日三回食後に飲むために処方された薬が余ってしまう。医師の指示を破った自分に診察を受ける資格があるのかと悩む。病気が治らないとしたら、指示通り服薬と休養ができていない自分のせいだ。唯一の義務である通院すら時間に遅れる。通院以外の外出はしなくていいと言われているが、それでも病院に行った帰り、家に帰るのがいやで、外にいるのもいやで、バスのにおいも電車の揺れもなにもかも不愉快なのに帰れない。お金の無駄だと思いながらカフェに入ってもなんだか人からサボっているように思われそうで、気になってくつろげなかった。あれほど熱中していたパズルやスマホのゲームにもまったく集中できない。

親との関係は気まずかった。

いい年して実家になんかいるものじゃないと思った。両親は、うつ病も自宅療養も医者通いも受け容れられなかった。入院したらよかったのかもしれないが、そこまで重症ではないし、入院を企画準備段取りする気力も体力もなかった。

ただでさえ不眠だったのが、親を避けるために昼夜逆転がひどくなった。話しかけられるのがいやで、親が寝てから台所や風呂を使うのだ。そのうちに、棲み分けがうまく行って、すれ違うことも減った。離れて住んでいる弟が上手に話してくれたこともあったのだろう。必要なことはメモでやりとりした。立派な引きこもりのできあがりである。

朝の四時、五時というのは一番危い、つまり死にたくなる時間だ。世の中ではこれから一日が始まる、その時間から逃げるために眠剤を飲む。眠剤で寝つくことはできる。でも全然いい睡眠がとれない。二時間程度で目を覚ましたらもう二度と眠れない。それで夕方までぼんやりしているだけ。

私のいない社会では、みんなが笑ったりおいしいものを食べたり旅行に行ったり体を動かしたり美しいものを見たりしているのだろう。そんな他人の喜びを見るのは耐えられないと思っていた。

なんというやな人間になってしまったのだろう。部屋は散らかり、掃除もできない。外出ができない。時間が守れない。なにもかもちゃんとできない。それなのにお菓子だけは食べたいのだ。アイスを一日一つしか食べられないことがつらい。甘い物を渇望し、不潔で醜く太っていく自分。これが休職期間の私の姿だ。

唯一良かったと思えることは、大嫌いなストッキングやパンプス、パンツスーツから解放されたことくらい。外に出ないときめたならノーブラで化粧もしなくていい。今日は外に出なくていい、外出できない自分を責めなくていい。もう今日は手遅れなんだ、やっと一日が終わったと思えるのは夕方の四時くらいだ。冬だからそこから暗くなるまでが早い。お酒は禁じられている。薬と同時に飲むのが良くないからだと言う。午前中よりは少しだけ楽だけれども、お酒で時間を潰すこともできない。もちろん会社を休ませてもらっている身で飲むなんてことはよくないと思うのだけれど、傷病休暇の人間にはオンオフがない。いつもと違って不真面目になっていいと自分に許可できる日がない。

二ヵ月目に入ると薬が効いてきたのか、病気と相対することに慣れてきたのか、少しつらさが薄らぐような日も出てきた。まっ暗闇にいたのが、薄明かりまではいかなくても灰色くらいまで浮上する。だが良くなったとか気分が明るくなったというようなことはなく、灰色の日があるから余計にそのあとまた気分が落ちるのがつらかった。元気になったなんて家族や会社に思われたら悪くなったときに取り返しがつかない気がして、部屋のなかで電気もつけずにひっそりと過ごした。

考えるのは、どうしてこんな病気になったのかということと、病気が自分から何を奪ったのかということだった。

どうしてこんな病気になったのか。医者の言うとおり、過労もストレスもあるだろう。だが、この時期に私が思い出したことがほかにもあった。発病したときはずっと前のことだから関係ないだろうと思っていたことだ。

＊　＊　＊

恋愛は学生時代までに済ませるものだと思っていた。そのあとは二人の関係の維持管理と方針のすりあわせ。家庭の運営や子育てだけでなく、生き方も将来の夢もどうしようもない欠点も分かちあえる相手と、結婚する。そのタイミングは社会に出て何年かたったところで「はい整いました」とやって来るのだと思っていた。もちろん人それぞれだし、いくつで恋をしたっていいけれど、私はそもそも得意じゃないしもてないから少ない機会をちゃんと刈り取らなければならないと思っていた。

私とナオトがつき合ったのは高校の友達の紹介がきっかけだった。ささいな喧嘩はあっても穏やかに過ごしていたはずだったのだ。お互い忙しかったけれど、これが一段落して少し仕事の見通しがたったら結婚するのだろうと思っていた。理想的ではないが、そこそこの落ち着いた暮らし。五年後、十年後も一緒にいられる相手だと思い込んでいた。もし遠くに異動するようなことがあれば、私は会社を辞めてついて行き、見知らぬ土地で子どもを育てるのだろうかと思っていた。

だが、こんな私ではつまらなかったのだろう。安心しきってときめきが足りなかったのだろう。

ふられました。理由はわかりません。いつの間にか気持ちも言葉も通じなくなっていた。納得するしかなかったのです。

お互いもう変わらないだろうと思い込んでいたのに、いつの間にか全然違う場所にいたのでした。

正式な婚約をしていたわけでもない独身同士だから仕方がないのだ。でも、へこむわ。

ああつまらない。

とは思ったけれど、激しい恋でも劇的な失恋でもなかったし、そんなことで病気になるくらいなら、中学生だって高校生だってみんな病むわと思いました。

失恋が原因ではないと思いたい。

しかしどちらにせよ、立ち直るにあたって、彼がいないのは耐えがたいことだった。これほど長いつき合いだったというのに、なぜ、よりによって私が一番弱っているときに去ったのだろう。もっとダメージの軽いときにしてほしかった。

その上ナオトは転勤族だ。いつまでも執着するつもりはないけれど、十年もつき合った、自分の一部分みたいなひとがこの先、どこの街に住んでいるのかわからなくなってしまうのがつらい。たとえばそれが行くことのない遠い街でもいいから、地名と彼をタグで結びたかったのだ。あのひとがどこかで生きていることを想像することも許されないなんてつらすぎる。

＊　＊　＊

病気とそれに伴う休職が私から奪ったものは、私のなかにある秩序だった。私はルールの破綻したパズルみたいになった。だからこそ「死にたい」などという今まで裏返したことも絵柄を見たこともなかったカードが切られたのだ。私は自分が事実や正しさにこだわると思っていた。ちゃんとしていると思っていた。自分は間違っていない。だからだらしない人には文句を言う権利があると思っていた。

それなのに自分がちっとも正しくなんかなかったことを知って、もう誰ともまっすぐに話せないと思った。

人に対する共感が薄い自分にとって、がんばるという姿勢は唯一、いつでもどこでも誰にでも通用する表現だと思っていた。それが唯一の通貨だったのに、がんばれなくなった。病気が私を一文無しにしてしまった。そして、これからも負債を返すがんばりなんてできないのだ。

もう、死んだ方がいいんじゃないか、と思うのはそういうところからでもある。

人に負担をかけないのが正しいと思っていたのが、私という存在そのものがエラーになってしまったのだ。


病気は秩序を奪い、休職は日常の連続性を破壊した。

長い間、同じリズムで動いていた。同じ時間に自転車を漕いで学校に行き同じ電車に乗って会社に通い、同じ段取りで事務所での仕事を済ませて午前十時すぎには営業車に乗って客先に向かった。日々の違いなんてお昼ごはんに何を食べるか、麺類か定食かといった程度の差でしかなかった。同じジャンルの音楽の揺れに身を任せるように、時間内に事件を解決する刑事ドラマのように働いていた。やるべきことはあらかじめわかりきっているか、会議で決まるか、上司から命じられるかであり、いやなことはたくさんあっても迷うことは少なかった。

私は、そういった習慣や記憶といった連続性によって成り立っていた。誰だってそうだろう。

こんなタイミングで「忘年会をかねて、みんなで集まりませんか」と、同窓会のお誘いが来た。忘年会も迷惑だが同窓会にもまるでいい印象が持てない。高校は女子校で、ひとりひとりは気の置けないいい仲間たちなのだけれど、今の私からしたら、大学に行ったみんなは雲上人のようだ。

勝ち組報告会かよ、噂話大会かよ、

と口に出して言ってしまった自分がひどすぎて情けなくて、泣いた。幹事のトモミに、「ごめん私うつ病で会社休んでるんだ、だからすごい僻みっぽくて無理。また次のときに誘ってください」と話したら「わかる。私もやったから!」と返ってきた。

トモミは、同窓会はいいからとなってお茶に誘ってくれた。駅の近くの洋菓子店に併設されたカフェで、私は洋梨のタルトを、トモミは抹茶のティラミスを食べた。ちょっとだけ、今の現状の二十分の一くらい愚痴を言わせてもらって、トモミが「わかるよ」と言ってくれて、涙が出そうになった。なんか世の中を誤解してたかも、と思った。

久しぶりに時間が短く感じた。

突破口や解決策をもらったわけでもないのに、少しだけ軽くなった。長い間、水の底の重く冷たい泥のなかにいるような気分でいた。でも私がいたのは誰も知らない底なし沼ではなく、その辺にあるような池だったのかもしれないと思った。汚く濁った池ではあったけれどがんばれば背が立つような気がしてきた。

考えなければいいのだ。風呂に入らない百の理由とか考え始める前に服を脱いで、風呂に入った方がいい。掃除をするべきなのが今日なのか明日なのか明後日なのか考える前に掃除機のコードをコンセントに差せば勢いでなんとかなるかもしれない。どうせ出かけないのにと思わず、ブラをつけるとか化粧をするとかジャージを脱いでデニムに穿き替えてしまった方がいい。それでものすごく損をしたり、痛い目に遭うことはない。最初の一歩を踏み出す前に完成予想図の上空をぐるぐる偵察飛行するのはやめようと思った。

ちょっとだけ無理してもいい。どうせ休んでいるんだから、疲れたら寝ればいいんだ。そう思えたときが回復の始まりだったと思う。

＊　＊　＊

総務の池田かな子は、もっといけすかない女子なのかと思っていたけれど、全然そんなことはなかった。休職届や診断書の提出、産業医との面接の段取り、毎月提出する傷病手当金の申請書の書き方など、いろいろお世話になったけれどてきぱきしていて親切だった。同情だのお見舞いだのといったものが私はなにより苦手なのだけれど、そういった私情は一切ございませんという明るい笑顔がよかった。

復職のことで連絡を取ったとき、同じ営業部の山田さんが連絡を取りたがっていると聞いた。断ってもかまわないとかなちゃんは言ったけれど、山田さんならいいよ、と個人のアドレスを教えた。
山田さんは五十代半ばのおじさんである。何度も転職しているので、よその業界や世の中のやばいこともいろいろ知っていて面白い。気分転換になるかなという気がした。しょうもないおっさんなんだけれど愛嬌があって、相手を緊張させない。私は山田さんの前では取り繕うことをせず、平気で不機嫌な顔ができた。山田さんの駄洒落が寒すぎること、見通しが甘すぎること、チャラ男のミスをかぶる必要はないんじゃないかということ、格差社会や少子化のこと、国会の茶番や世界中がきな臭くなってきている不安などについて遠慮なく話せた。私が感情的になりすぎたときはたしなめてくれた。会社を背負うような人材でなくても、私にとっては必要なひとだった。とはいえものすごく親密というわけではない。顧客先への同行とか、展示会でお客が来ないときとか、飲み会とかで何度か話しただけだ。学生のときとは違って一緒に過ごす時間が少なくても、なにか友情のようなものを感じる相手がいることは嬉しかった。

みんなどうしてるのかな、かなちゃんはあまり余計なことを教えてくれないけれど山田さんならぺらぺら喋るだろう。復職したらまたチャラ男と顔を合わせなきゃならないなあ、それだけが心配だなあ。そんなことを思いながら昼間のバスに乗って市街地に出かけて行った。だが山田さんが私を呼び出して伝えたかったのは、全然ちがうことだった。

セントラルタワービルの展望ロビーで山田さんは待っていた。スーツではなくジャケットを着ていたので、有休でもとったのかと思ったが違っていた。

山田さんは、別れを告げに来たのだった。そして遅かれ早かれ知ることになるだろうと言って、窃盗癖のこと、苦しんだが克服できなかったことを話してくれた。

「捕まって罰を受ければ変われると信じているわけではない。でも、受刑して償うことでもしも自分が変われるのなら、そうであってほしいって、これは期待なんだろうな。甘いんだろうけど」

山田さんは言った。

「つらいですね」

「伊藤さんはちゃんと病気を受けとめてるじゃない。そして自分から変わろうとしている。大したもんだ」

なんと言ったらいいだろう、と思った。

だが、次の瞬間思い出したのは、チャラ男の発言だった。

「『運命は必ずそのひとの弱点を暴きに来る』って、知ってます？」

「誰の名言かな」

「前に三芳部長が言ってたんですよ。急に思い出しちゃった」

二人して検索してみたけれど、元ネタはわからなかった。

運命は必ずそのひとの弱点を暴きに来る。

美しさや健康にこだわるひとは、だらしない体形や不摂生に酔うひとを嫌う。そうなることを一番恐れているからだ。正直さにこだわるひとは嘘つきを嫌う。そうしないと自分を保てないからだ。善良を自覚するひとは無自覚な冷酷さを露呈する。気がつかなくてなによりだ。優しいひとは矛盾に突き進み、結局はばかを見る。人生は悲しい。

私は努力をしないひとが嫌いだった。なんでも楽々とこなしてしまうひと、勘でものを言うようなタイプ、サボっていても帳尻だけ合わせる輩。いい加減にやって上手くできてしまうひとも、物事をほったらかして平気なひとも。

つまりチャラ男である。

だがほんとうは、そのかろやかさが羨ましく、心は楽をしたいと叫んでいたのかもしれない。

「あのひと一貫性がないんだよね」山田さんが言った。「脈絡がないし受け売りばっかりだし」

「え、なに？」

「そう。不連続性のひとなんですよ」

私が失って苦しんでいた連続性をかれはもとから持ち合わせていない。ものごとが不連続でも、矛盾していても平気で生きている。

「ＡＩみたいですよね」

「なろうと思ってなれるものじゃないね。ある意味、羨ましいというか」

部長にはルーチンの仕事が少ないから何かをいじくって変えることが自分の使命だと思っているけれど、そんなのはいつまでたっても解けないパズルで遊んでいるのと変わらない。

一貫性があろうがなかろうが、どうでもいいのだけれど、チャラ男と私が隣り合ったパズルのマスにいることは困難だ。その困難が会社で働くということで、そこに戻って行かなければならないのだ。

「だから不正をしても平気なのかな」

山田さんは、多分お会いするのはこれが最後ですから、と言って、チャラ男が直取引の顧客に対して不正な集金と着服を行っていること、それが数年単位で続いていることを話してくれた。

「ちなみに窃盗はよそのひとの物を盗ることであり、横領というのは自分の占有下にあるものを着服することを言います」

私はちょっと笑ってしまった。山田さんは外向きでありチャラ男は内向きなのである。

「わたしが言うのもなんだけど、でも横領って最初はふとしたはずみだろうし、ばれない限り自発的にやめられるものじゃないと思います」

山田さんも静かに笑った。

さすがに驚いたけれども、私にどうしろと言うのか。

正直、なんで私にそんなことを言うのだろうと思った。

私は復職するというだけでいっぱいいっぱいで、ぶり返さないように気をつけて暮らしていかなければならない。余裕はない。その場その場で、やむを得ず正論を吐くことはあるけれど、好きこのんで他人を責めるような趣味はない。私はサムライでも保安官でもないんです。生きていくだけで、死なないようにするだけで今は大変なんです、と私は言った。ものすごく久しぶりに感情があふれ出して、泣きはしなかったが声が震え、喉が裏返りそうになった。

「ごめんなさい。だから、聞かなかったことにします」

私は言った。

「そうですか」

山田さんは、特にいやな顔もせずに言った。

「すみません」

「伊藤さんの負担になるのだったら忘れてください」

山田さんは罰にこだわるひとなのだ。因果はそれを信じる人にめぐる。信じない人にとっては、ただの不規則な運気にしか思えないかもしれない。

本人の言うとおりだとしたら、私のような弱った部下ではなく、運命がなんとかしてくれることだろう。それでいいのではないだろうか。

チャラ男の前釜

磯崎公成（58歳）による

正月の良さは、失われたものを静かに認められることだ。もう長く続かないだろうと思えることに、じたばたとみっともなくしがみつくのは、やめたいと思う。もちろん先のことは不安だ。今までどっしり支えてくれていた大地が崩れるかもしれない。がんばりたい、守りたいと思ってもなるようにしかならない。

「失われたもの」という言葉を「移ろいゆくもの」と言い換えればより受け容れやすくなるかもしれない。いったい何を残したいのだろう。人間の一生は短くはかないのだ。

だが失うものなんて、本当に存在したのだろうか。

所有し、身につけたことがあったのだろうか。

まやかしではなかったのか。

当たり馬券がポケットに入っていると勘違いしていただけだ。

実際には福引き券が足りなくてガラガラを回すことができないくせに、他人の大当たりの鐘の音を聞いた途端に損した気分になっているだけなのだ。

巨人戦ナイターペアご招待は他人に奪われたのだろうか。ワイキキビーチ三泊四日の旅を惜しくも逃してしまったのだろうか。ふとん乾燥機やハンディクリーナーは運命のいたずらで手に入らなかったのか。世界の名画ジグソーパズルはあなたの家の立派なリビングを飾るはずだったのか。大量のポケットティッシュは溶けてしまったのか。

損をした気分は、実体のない記憶であっても何十年と残るのだ。元手がかからないから気軽に手を出すけれども、とらわれてしまうのだ。

まやかしの伝統。まやかしの和のしぐさ。まやかしの懐かしさ。

だが無意味ではない。誰かはちゃんと得をしている。まっ暗な深海でも、血のにおいをかぎつけた魚たちは静かに集まってきて獲物に群がり食い尽くしていく。

これは常套手段だが、地方のメディアというものは人気や好感度のアンケートを最下位の方から読んで「だからウチはダメなんだ」とコンプレックスを煽る。これもやっぱりまやかしだ。かれらとて、ランキングを下から読むことが正しくないことくらいわかっている。それでも自虐しないと落ちつかないのだ。好きの反対は嫌いではない。何の印象もないこと、そして無関心だ。かれらはイラストの感覚でグラフや数字の入ったフリー素材が欲しいだけなのだ。

どうせこの世はまやかしだらけ。

だが愚かなままでこの後も何十年も過ごしていくのは、つらいな。とてもつらいな。

＊　＊　＊

今年は子どもたちが帰ってこない。

子どもと言ってもとっくの昔に子どもではない。二人とも男で上は二十九歳、下が二十六歳。

上は大学を出て鉄道会社に入った。今は結婚して東京に住んでいる。四月には第一子が生まれる予定だ。三月末だと早生まれで一つ上の学年になってしまうから四月になるといいなと話していた。お嫁さんの体調はいいようだが、帰省ラッシュで大渋滞する時期にこちらに来るのは避けたいとのこと。

下の息子は市役所の公園課で働いている。この子はちょっと変わっていて編み物をしたり、普段着に和服を着たりする。料理はなかなかの腕前だ。年末年始は南仏とスペインを回るとかで出かけてしまった。

そんなわけで元旦。俺は山の麓の実家を訪ねて、母と二人、煮しめや雑煮を食べながら正月番組を見た。父が亡くなってから三回目、正月としては二回目である。

母は、暮れに街に出て買ってきた「おいしいコーヒー（豆から淹れるコーヒーのこと）」や「おいしいハム（デパ地下で買ったもの）」を出してきた。刺身も用意してくれていた。俺が持って行った吟醸酒も飲んだが、外の静けさと酒の冷たさが気になってあまり楽しくはならなかった。母は栗きんとんを作らなかったことをしきりに気にした。俺は栗きんとんなんて食わないのに。


「そこの畑にタゲリが来てたの」

帰り際に母が言った。

「へえ。珍しいんじゃない？」

「前はつがいだったけど、今年は一羽になっちゃった」

わたしと同じ、と笑った。

正月とは、なんというさびしさなのだろうと思う。明日になれば妹が家族でやって来るのだが、元旦に母を一人にするのは不憫である。妹一家は、今日は旦那の方に行き、明日やってくるのである。それも大変だ。

どうして正月は廃れないのだろう。大家族だのひっきりなしに出入りする年始回りの客だの、そんなものがなくなって何十年も経つのに。カウントダウンと初詣だけになったっていいのに。お盆みたいに、ただ形式的に長期休暇を取るということでかまわないのに。

正月は心をえぐってくる。日本中に老人のさびしさが溢れる。

失われたのは、うつろいゆくのはただただ、人だ。

「来年は、孫連れて来るからさ」

「そうだね。元気でいないとね」

しかし本当に連れてきてくれるのだろうか。

母はひ孫に何度会えるのだろう、と思ってしまう。俺だってどれだけ会わせてもらえるかわからない。考えない方がいいことだとは思うけれど。

＊　＊　＊

二日は昼から街に出た。県民ホールでニューイヤーコンサートを聴くためである。地元出身の有名な指揮者がタクトを振るということで、盛況であった。市長や商工会の会頭、地場産業の社長や取締役の連中とも挨拶を済ませた。顔を出すことに意味がある。美しく青きドナウやラデツキー行進曲なら知っているが、誰も指揮者の良し悪しなんてわかっちゃいない。

それから時間を潰すために初詣に行き、夕方になってから別れたかみさんをバーに誘いだした。

「今年はどんな年になると思う？」

「そんなこと俺に聞くか」

「再婚とかは？」

「ないな。今年はね、ドローンを買って操縦したいな。それであちこち出かけて撮影したり」

「仕事の方は？」

「もうちょっとがんばりたいんだけどね。でもまあひとつ今年もよろしくお願いします」

俺は特許事務所で働いている弁理士で、彼女とは仕事で知り合った。担当は別の者がしているけれど大事なクライアントだ。

離婚したのは八年前、下の子が高校を卒業したタイミングだった。離婚そのものはずっと前から決まっていた。理由は子どもたちが生まれたあとのレスで、彼女は実家に帰ることも多かった。そして俺の浮気もあった。今のご時世ではこういう言い方もダメなのかもしれないがほかの言い方がみつからない。あれは、女にしておくのはもったいないような人物だ。そして実際、家のなかは男が四人で暮らしているような感じだったのだ。

そんな、別れた夫婦が和気藹々《わきあいあい》と正月から孫の話なんかしている。

俺はただなんとなく、長い長い中年時代を過ごしていたのに春からおじいさんなのだ。春からおじいさん。おじいさんデビュー。新おじいさん。

おじさんになるときは、少しずつ時間をかけて変身した覚えがあるのだが、おじいさんは突然やってくる。

玉手箱が開くようなおそろしさを感ずる。

このおそろしさを、春からおばあさんと分かち合いたくて言葉を尽くしてみたのだが、さっぱり伝わらない。


別れたかみさんの名を眞矢子と言う。

腕のいい経営者で、資産家だ。

子供たちの近況や生活について話し合うよりも、景気や国際情勢の話をしていた方が楽しい。今となっては未練がましい気持ちもないし、これ以上近づくことも遠ざかることもない、いい関係だと思う。

眞矢子のオヤジさんは穂積家の次男である。ジョルジュの社長をしている典明さんとはいとこの関係だ。

オヤジさんは技術者で、最初は無線機器の製造販売をしていたが、いい時期に電子部品や半導体のパーツへとシフトして成功した。眞矢子の判断の良さはオヤジさん譲りだと思うし、それに加えて時代や金の流れにも敏感だった。だが、政治的な人間というわけではない。

これは自分がそうなんだけれど、野心がないということであちこちのお偉方から批判される。いくじなしだの責任感がないだの期待にこたえないだの、けっこう悪口を言われるものだ。権力ってなんなのかね。欲しがらない俺はおかしいのかね。

何か飢えのようなものがないと無理だと眞矢子は言った。つまりモチベーションだ。権力というのは正しさよりも、質量や面積を欲しがる。そして他人にも何かを要求するものだ。

俺は面積や質量を自分に与えようと思わない。俺は線分でいい。考えのベクトルさえ示せていればいい。

「私は思いつきで行動しちゃうからなあ」

眞矢子は言った。

「アイディアが浮かんだら、オペラや歌舞伎見てても帰っちゃう。だって、アイディアはそのときしか来ないし、待っててくれないから」

「そうだよ。俺だって何度置いてけぼりになったことか」

「だから人からお世話になった事業でも、技術者が必死で守ってくれたセクションでも撤退とか売却とかすぐ考えちゃう」

決めたら迷わないのだ。俺なんか彼女から見たら話にならないほど頭が固かったのだろう。家庭とはなんぞや、夫婦とはなんぞや、そんなことにとらわれすぎた。

「協調性がなかったね」

「俺こそ結婚に向いてなかったのかもしれない」

「私、現金だから」

「ああ、ほんとにそうだ。現金なひとだよ」

執着がないひとというのは、なんとも思わないと言い切れる範囲が広い。

逆の立場で言えば、いつ捨てられるかわからない。たまったもんじゃない。俺なんか別れたあとに死んだことにされた。ひどい話だ。

「今はね、女性銀行みたいなこと考えてる。ＵＡＥとかパキスタンとかにはあるんだけど、そういうのを参考に、何か日本でもできないか考えてるの」

「女性向けファンドって、あちこちであったんじゃないか」

「今考えてるのは、ふんわりしたプレゼンじゃなくて、もっと泥臭いこと。たとえば、もし離婚しても養育費の取りっぱぐれがないようにするシステムとか」

「それを俺に言いますか」

「言うよ。だって道造君より話しやすいからね」

道造君というのは、彼女の今の夫である三芳道造のことである。後釜という言葉はあるけれど、前釜とは言わないな。俺より一回り以上も若く、見栄えもなかなかいい。親戚ではないから、さすがに名前では呼びづらい。

「元気なの？　三芳君は」

「うん。今日も新年会だって。まあ元気は元気なんだけど」

なにかあるな、と思った。

「差し支えなければ聞くけど」

「ううん、今はいい。ただね、ばかなのよあのひと」

「そんなこと誰だって知ってるよ！」

三芳君のことは、眞矢子があああいうひとを気に入るとは意外だったねと思う。不躾な言い方かもしれないがちょっと、チャラいんじゃないか。でも十年前の俺の浮気相手を眞矢子はどう見ていたのか、と思うとなんとも言えない。チャラいとかケバいとか言い合っても仕方がない。

「俺ってまだ、死んだことになってるの？」

と聞くと眞矢子は困ったように笑った。

「生き返ったとは言ってないからね」

言う方も言う方だが信じる方も信じる方だ。

「つまんない嘘なんかつかなくても。俺と別れたところまでは完璧だったのに！」

眞矢子ほどの女性なら三回か四回くらい離婚した方が箔がつく。俺はけっこう本気でそう思っているんだけど、失礼かな。

狭い街だ。よくない噂も聞いている。

三芳君は、典明さんの会社で役職ももらって活躍していたみたいなのに、惜しいなと思う。

ただ、ありがちな話でもある。

途中まではよかったのだ。

意欲も魅力もあった。伸びしろも十分だっただろう。

だからといって実力が秀でていたわけではない。見劣りするというほどではないが、ごく平均的。しかし後ろ盾に眞矢子がいた。

運も良かった。運というのはきちんとエスコートして踊ってくれる相手を選ぶものなのだ。

だが、問題はそのあとだ。

可能性に投資してもらっていたのに、成り上がった途端実力だと思い込み、何をやってもいいと勘違いしてしまうのだ。そこを取り違えたら、運だって全力で逃げ出す。踊れないと判断したら運が逃げるのは速いよ。

運が逃げて干されても、閑職になったとしても、それでもなんとかその場にとどまることだ。ぐるぐる回る円盤の上で無様でもなんでもリズムをとって踊っていれば、順番は回ってくる。もしくは派閥なり集団のなかでひっそりと時機を狙っていてもいいだろう。でもあの手のひとは成り上がるためにした努力の見返りを急いで回収しようとして上手くいかないことが多いんだよね。

三芳君は、同世代で信用できる仲間があんまりいないんじゃないかな。正社員が少ない世代でもあるし。

横の繋がりがあると言っても所詮は新参者で、青年会議所のOBとかそういった連中にいいように使われているだけじゃないのかな。ああいう連中はやたら、つき合いに金がかかるんだ。ゴルフとか飲み会とか、セミナーとか。


「そうだタゲリって、知ってる？」

「なに？」

「鳥なんだけど」

「知らない。珍しい鳥？」

「昔から冬になると来てはいたんだ。頭に冠羽がついててね」

「クジャクみたいな？」

「いや。もっとこう、後ろにすうっと伸びてて、なかなか面白い見た目なんだよ。あとピャーって、変わった声で鳴く」

「ピャーって？」

楽しそうに笑う。眞矢子が笑うと、堂々たる体軀が波打つ。それだけでなく、回りの空気までも揺れて波打つような気がする。

「田んぼを蹴るからタゲリなのかな」

「いや、ケリの仲間じゃないか。ケリって鳥いなかったっけ」

お互いスマホにちらりと目をやったが、ど忘れじゃないので調べるのはよそう、という気分で一致する。連れ合いをなくして一羽でやってくるという話を母に重ねて見てしまったことは言わなくていいと思った。

＊　＊　＊

初夢は、一月二日の朝に見るものなのか、それとも二日の夜に見るものなのかいまだにわからない。そして俺が見る夢といったら靴下が片方ないとか、自転車で側溝に落ちそうになるとか、そんな取るにたらない内容ばかりだ。今年はひたすらバナナをむしゃむしゃ食べ続ける夢だったが、前後の脈絡もなにもわからない。一月三日は同級生の古田と会うつもりだったのだが、家族全員インフルで倒れたから無理だ、と朝早くにメールが入っていた。

お節料理を食べ続けたわけでもないのに、突如としてカレーやラーメンが食べたくなるのである。そうなれば、昼がラーメンで夜カレーだな。カレーなら俺にだって作れる。どうせ暇になったのだからラムとかスペアリブとか、ちょっと面白い肉で作りたいなと思った。

年賀状の返事を出した帰りにチェーン店の丸太園に寄る。人を打ちのめすような旨さのラーメンではない。マスターが威張って腕組みしているわけでもない。スープは味噌、塩、醬油の三種類。特徴はないがほっとする味だ。半チャーハンや餃子などのサイドメニュー、にんにくや卵、海苔などのトッピングも揃っている。こだわりなんてなくて、すべてほどほどで楽なのだ。ああこれで間違いない、と思える。並んで待つことはないが、いつもそこそこ人は入っている。

若いころは、ドライブやスキーの帰りに寄るのが習慣だった。一日たっぷり遊んで帰ってきて、このタイミングで超絶旨いものはいらないというとき。明日から仕事だけれど、まあ十分遊んだからいいやというとき。俺にとっての丸太園のラーメンは日常に接続する休日の出口のような場所だ。

「ザリガニみたい」

という妹の声が本当にしたような気がした。もちろん空耳なんだが、父のことをそう言ったのだった。

俺は左手にレンゲを、右手に箸を持ってバターをトッピングした塩ラーメンを食べようとしていた。父とまるっきり同じ格好だ。その様子がザリガニなのだと妹が言った。たしかに似てきたんだ。

味わう前にコショウを振るところも同じだ。

でもまあ、そんなことなら似ていてまったく、かまわない。

父は公立中学の教員をしていた。専門は社会科だった。教員といえば、激務でアナログで父兄への対応が難しいブラックな仕事というイメージが今でこそあるけれど、父はその前の時代のひとである。最後の方は教頭をしていて、プレッシャーや責任もあったけれど、全体的に言えば、教育機関を間違ったサービス業の方向に導いてしまった方だと思う。最後は校内で起きたいじめ問題の対応に失敗し、少し早くに退職した。それからは母とまあまあ仲良く暮らし、郷土史の愛好会にも顔を出していたが、三年前肺がんで亡くなった。

父は教師という仕事が好きだった。彼なりの純粋さも誠実さも素朴さもあったのだけれど世間知らずでもあった。知らない世間を民間とか大衆とか言って見下し、自分は一方的に与える側だと思っていた。形式や学歴にとらわれて決めつけるところがあった。前向きではあるが頑固で、自分から学ばない人間だった。若い頃の俺は父と話をすると大体喧嘩になったし、父の「大衆文化」というかび臭いもの言いが何より苦手だった。俺はそうはなるまいと思った。

だが、そうなるまいと努力している時点でもはや本質はそっくりなのではないか。そっくりだから反発してきたのだ。我慢をして、腰を低くして、愛想を良くして、本当は父の悪気のない尊大さが羨ましかったのではないか。これからの時代には通用しないと感じているからこそ、古いニッポンのお父さんにやっかみを感じるのではないか。

三芳君に対して思ったこと。ああいうタイプと決めつけたこと。殆どが憶測だ。俺は三芳君のことなど何も知らない。顔は知っているが、挨拶したこともない。死んだことになっているから、この先、声をかけることもないだろう。俺と似ていたら困るから、違いをデフォルメして考えているだけだ。父が「一般大衆」を見下してなんとか体面を保っていたように、俺はチャラいだの運が逃げるよだのと言って、相手を貶めることで自分を支えてはいないだろうか。「穂積眞矢子の旦那、その1、その2」として世間から比べられたくない、眞矢子からジャッジされたくない、男として劣っていると思われたくない、それが俺の本心ではないのか。

うわべだけでも鴨長明みたいなことを言って飄々とした頭のいい男に見られたい。スマートにふるまいたいと思っていた。だが本当は腹の中でいやだいやだと叫んでいる熱い火の玉のような幼児が存在する。それを誰にも見せたくない。ただそれだけの男ではないか。

塩ラーメンのあたたかさが体中に行き渡り、俺は満足して丸太園を出る。明日からは仕事、ここから先は日常だ。ポケットでスマホのバイブが鳴ったので見ると、下の息子から「帰国しました。ワインをお土産に買ってきたので今夜届けます」とメールが入っていた。俺はスーパーに向かう足を止めて、「カレーあるぞ」と返信した。

イケメンの軸

池田治美（50歳）による

「今度来たひと超絶イケメン」

会社から帰ってきた娘が、遅い夕食のためにレンジでおかずを温め直しながら言った。

いつのころからか、メールの件名や記事の見出しのような話し方をするようになった。

「会社に入ってきたひと？」

「営業さん。葛城さんって言うの」

姑はあまり感情を見せないタイプだった。あちらに似たのだろうか。尤も、姑の場合は舅が強烈だったから、感情を抑えるのが習慣になってしまったのかもしれない。夫も寡黙な男だ。二十五歳になったばかりの娘はよく喋るし機転も利く。愛想も悪くないのだが、情緒に関して言えば何かが欠けているような気がするのだ。もしもある日彼女が思い立って、詩歌や俳句を嗜もうとしたら、愕然とするのではないだろうか。たとえば詠嘆の助動詞「けり」のような、普段は使わないから困らないけれど、そういったものがなかりけり、と母は思う。しかしまあ親というものは、あれが足りないこれも準備しておかなければと心配するものなのだ。

「お父さんさ」

テレビを見ている夫に、詠嘆のない娘が言う。

「『びっくりドンキー』って言ってみて」

「えっ、なんで？」

「いいから言ってみて」

夫は思いもよらぬタイミングでかまってもらえた子犬みたいに戸惑いながらも嬉しそうに「びっくりドンキー？」と尻上がりに発声した。娘にしか見せない顔である。

「ああ、やっぱり。だめだよね」

「なんだよ」

子犬はがっかりして元の寡黙なおじさんに戻る。

「びっくりドンキー」って懐かしいなあ。私も若い頃はよく行った。板を打ち付けたようなカントリーデザインの外装が目を惹く老舗のチェーン店だ。ごはんとハンバーグがワンプレートで出てきて、気楽で美味しいのだ。

「お父さんが言うとさ。ロバのぬいぐるみが喋ってるみたいになる。だめってわけじゃないよ。みんなそうなる」

「なんのことだか全然わからん」

夫が悲しげに言った。娘は私の方を向いて、

「イケメンの判別方法」

と言った。

「なにそれ」

「ふつう、おじさんが『びっくりドンキー』って言ったら、大抵は子どもっぽいか動物っぽいか天然ちゃんかで、ふざけろって感じになる」

「ひどいな」

「イケメンとドンキーと何の関係があるの？」

「超絶イケメンが『びっくりドンキー』って言うと、なんかおかしな雰囲気になるんだよ」

採用されたばかりのイケメンが「お昼どこ行きます？」と同僚に聞かれて「うーん、びっくりドンキー？」と、場にそぐわないほどのいい声で言った。それだけの話なんだけれど、水を打ったように静まりかえった社内で、たしかに何人もの女性の心がよろめくのが娘には見えたそうだ。

「つまりエロかった？」

「うん。行き場を失った色気が目立っちゃう感じ」

たしかに、無防備にもほどがあるという語感である。

「俺には絶対にわからん」

と夫は言った。

私は曖昧に笑いながら、いやなことを思い出した。

「パンツを脱いだらヌーヴォー・ロマン」

これも言うひとを選ぶフレーズだ。選ぶもなにも言わないかそんなこと。

かつての職場で、上司に言われた。コピー（ゼロックスとその上司は言った）の順番待ちをしていたときに通りかかったのだ。当時セクハラという言葉はまだ普及していなかったように思うが、そういうタイミングでスカートをめくったりお尻を触ったりするおじさんたちもいた。駄洒落や猥談と同じ「おかまい」であった。

何にしても意味不明すぎるし冒瀆的だしおまえのパンツの中身など知ったことじゃないし下品なだけでちっとも面白くない。ドウダイキガキイテルダロ？　オレダッテソノクライ知ッテルンダゾーと言いたげな上司の口元を殴りつけてやりたくなった。

「吐きそう」と私は言った。

ちょうど今の娘くらいの年だった。

ああそうだ、やっとわかった。

きっと「びっくりドンキー」は男性のピュアさや作為のなさが本物かどうかをたしかめるイケメン判定装置なのだ。そして「パンツを脱いだらヌーヴォー・ロマン」は、その男性の所持するゲスさを量的に明らかにしたうえ、マンスプレイニング風味でこってりと味付けをしてあるので不快極まりないのだった。

でもどうなんだろう、言う人によるのか。

夫に言わせてみたい。びっくりドンキーではなくヌーヴォー・ロマンの方を。

でも、娘には教えたくない。取り返しのつかない呪いがかかりそうだ。

「それで、イケメンはかな子ちゃんのタイプなの？」

「あー私イケメンって好きじゃない。あと、ちゃんと奥さんと子どももいるよ」

「妻子持ちなんだ？」

葛城氏は横浜で働いていたが、息子さんの体が弱いため環境が良く奥さんの実家もあるこちらで育てるために移住してきたという。奥さんの実家はインターの近くで、ガソリンスタンドを経営している（バイパス沿いだと言うから、びっくりドンキーからそう遠くない）。

「その方がいいんだよ。最初から爽やか枠に入ってるし、問題起こしそうなにおいもしないし」

かな子は、このところ会社でいろいろあったらしく、愚痴ることもあった。疲れた顔をしていた日もあった。良いひとが入って来てよかった。

「あと、来週末社員旅行」

社員旅行？　情緒の欠けた見出しがもうひとつ出た。

「昔、私も行ったなあ。お父さんと同じ会社だったころ」

「昭和？」

「さすがに平成だったけど。でも昔ながらの団体旅行だよね。観光バス五台も六台も連ねてぞろぞろ観光して宴会して」

「ウワーしんどそう。でもお父さんもいたからいいか」

「知り合う前じゃないかな。でもかな子は社員旅行なんて初めてじゃないか？」

夫が口を挟んだ。

「うちの会社もずっとなかったんだって。去年、チャラ男が復活させるって言い出して。やなんだよね、半強制参加だし、みんなのプライベートな時間犠牲にして」

ほんとろくなことしない、と小さな声でぼやいた。

「昔は半年もかけて計画を練ったんだって社長もノリノリでさあ。どんだけ暇だったんですか昔って」

「暇っていうか、やたらと人が多かったんだよ」

夫が言った。

そう、確かにやたらと人がいた。大して働かない人も、何のためにいるかわからない人も余計なことしかしない人も会社が養っていた。チャラ男さんだってあの時代だったら今ほど悪目立ちはしなかったかもしれない。もちろんそのときだって、仕事は大変、日本人は働き過ぎ、バブル崩壊で空前の大不況だと騒ぎ、惑っていた。それでも今よりのんびりできた気がするのは人が多かったためでもある。

学生が同級生と遊ぶように、社会人になってからは同僚と遊んだ。人数が多ければ趣味の合うひとだっていたのである。会社以外の友達と会うことの方が少なかった。そんななかで、違う部署同士がふとしたきっかけで知り合い、言葉を交わした。するとなぜか昔から知っていたような懐かしさを覚え、目立たぬように逢瀬を重ねるようになった。それが今、ソファから立ち上がると同時に小さく放屁して、なんでもございませんという顔をした男である。

「案外、行ってみたら面白いかもよ」

「それはそうかもしれないけど」

「女の子、一人じゃないんでしょ？」

「幹事が頑張ってるからみんな来るって」

「よかった。一人だと、なにかとね。大変だから」

「あー、だよね」

「イケメンも来るんでしょ」

「葛城さん本人より反応する女子を観察する方が楽しい」

にまっと笑った。

「でも気をつけてね。イケメン注意報出しとくよ」

私は言った。

イケメンは、遠目で見るくらいがちょうどいい。下手に関わると害がある。なかにはふわふわした鳥みたいなイケメンもいて、善意と好奇心からよたよた近づいてくる。人を怖れない、フレンドリーなかれらは距離がやたらと近い。そしてなんの躊躇もなく、ごく自然にちょっとした手助けや親切、勇気づけなどをする。かれらにとってそれは政治家が嘘をつくくらいに当たり前のこと、しない方が気持ち悪いことなのである。

これはもてる、これだからもてるんだ、と感心するが、本人はもてようと思っているわけではない。かれらにとってもてることは結果であって狙いではないのだ。

それでも私は困るんです。

だって、うかうかしていると背後から石を投げられたり、吹き矢が飛んで来たりするのだ。困りますねうちのマツタケ山に勝手に入ってもらっちゃと。捕獲予定の希少なジビエに何をするんだ、あんたそもそも猟友会に入ってないじゃないかと。お客さん釣り券拝見しますよと。そう言ってお局様を中心に組織されたイケメン警察がやってくる。こちらに恋愛感情がなかろうとイケメンに相手がいようと関係ない。担当が決まっているから、担当以外は手を出すな、名誉男性はあっちに行ってくれと。

かつてそんなことがあった。

まだ池田氏とつき合う前のこと、いつも三人か四人で遊びに行っていたメンバーに南君というもて男がいたのだ。ただ気が合って楽しいだけだったのに、石つぶて吹き矢横槍などに阻まれて、南君を誘うと厄介だからよそうということになった。誰にも落ち度はなかったのにグループが壊れた。

南君はきれいな顔を赤らめて、少し憤慨していた。私は南君をこっそり呼び出して女子の事情を全部説明した。「なんだよ女子って陰険だな！」と言っていたけれど、逃げ方すら知らない大きなふわふわ鳥は、吹き矢に当たって彼女が妊娠。ちょろかったなあ。

今ごろどうしているのかな。私は立派なおばさんになり、毎日見ている池田氏だってこんなおっさんになったのだから、南君もさぞかし、さぞかしなおっさんになってしまったことだろう。南無阿弥陀仏。

＊　＊　＊

週末は雨だった。山沿いは雪に変わるらしい。

社員旅行の行き先は鬼百合温泉である。きれいにリノベーションされた有名な一軒宿は評判もいい。初日は巻峰神宮にお参りしてから、グループに分かれて博物館やテーマパークを見学し、翌日もボード班と陶芸ワークショップで選べるのだと言う。

「楽しそうだよな、今時の社員旅行」

夫が言う。

「昔とはえらい違いだよね」

そう、えらい違いだ！

私が社員旅行に行くのをやめたのには理由がある。

正社員の女性が少なかったのだ。私もそうだが、結婚したあとはよほどがんばるか、図太くならなければ総合職として会社に残れなかった。取引先の人と結婚した同僚は「原価が他社に漏れるといけない」というひどい理由で辞めさせられた。社員として信用されていなかったのだ。私だって結婚、出産後も働き続けたかったが、結局ジワジワ追い込まれて辞めた。幸いつてがあったため、出産後はコンサルで働くことができた。

そう、それで何人かいた総合職の女性は皆、体調や家庭の事情を理由に旅行を断っていて、気がついたら参加するのは私一人だった。行きたくはなかったが、積み立てもしているし、幹事も気を遣ってくれるので、まあいいかと思った。

宿に着いて私が案内されたのは、狭くて薄暗い添乗員部屋だった。

忘れていた恨みが蘇る。思い出してしまったら仕方がない。

「女性お一人ですんでね。ここしかお部屋ございませんので」

男の集団から外れた途端、宿の人の愛想笑いが消え、つっけんどんな言い方になった。旅行会社の添乗員が泊まるために作られた添乗員部屋というのは、三〇〇〇円くらいの安いホテルのシングルのような部屋だ。ドアを開ければベッドと小さなテレビの載った机があるだけ。裏庭に面した換気用の小さい窓がついているがジャロジーなので景色は見えない。風呂は温泉大浴場だけれどトイレと洗面所も廊下である。

どうせ寝るだけだからいいっすよなんて、細かいことは気にしないふりをしたけれど、全然細かくなんてないっす。大事なことっす。自分だけ待遇違うなんて許されないっす。

「お食事は男性のお部屋にご用意しておきましたからね」

なんで女一人くっついて来たんだよ。なんで男の領域に出しゃばってるんだよ、場違いなんだよあんたは、という顔をされる。

幹事に言うと「気にしすぎだよ」と言われた。

「客なんだから堂々としてればいいんだよ」

そうだろうか。気のせいだろうか。二次会は風俗だからと自分だけ帰された忘年会とか、上司のお伴で行ったスナックのママが私にだけ厳しかったこととか、本気にならない方がいいとキャディさんにたしなめられたゴルフとか、身に覚えはいくらだってある。女のなわばりから外に出た越境者に対しては、いつだって同じ目が光っていたのではないか。

男部屋での宴会は、収拾がつかないほど皆飲んで乱れていた。ばからしいので抜け出して温泉に入った。

浴衣に着替えて一人、冷え切った添乗員部屋に戻ってくると、しんとした裏庭でボイラーがモーンモーンと唸っていた。すっかり酔いも醒めてしまったが話し相手がいない。でも今から男部屋に戻るのもなあ、下心があるみたいに受け取られても困るし。

男部屋はどれも六畳の次の間と広縁、ユニットバスとトイレが別についている十二畳の立派なお座敷だった。自分一人でそんな広いところに泊まろうなんて了見はないけれど、こんな辛気くさいベッドで寝るためにやって来たわけではない。

私、いったい何をしに来たんだろう。

なんで一人でこんなところにいるんだろう。

それしか考えることがないのだ。これで明日バスで帰って月曜から仕事とか、おかしいんじゃないか。

こういったことは私たちの負の歴史だった。レアケースなのか、自分にも落ち度があるからなのかはわからなかった。誰も言い出さなかったからだ。

語ればよかったのか。しかしどんな言葉で語ればよかったのか。

どうだろう。何か言うだけで叩かれそうで、もっと努力しろとか至らなかったとか魅力がないからだとか、完璧ではない自分を責められそうな気がした。怖かった。だから何も言わなかった。なかったことにした。

黙って我慢していれば、自然と時代は良くなるものだと考えていた。フェアに扱ってくれる男性も一緒に働く女性の仲間もどんどん増えて、働きやすくなるものだと思っていた。だが私は間違っていたのだろう。

いろんな経験をし、問題を克服してきたようで、何も見ていなかった。私たちが何もしなかったから女性はいつまでたっても完璧を目指した。平成の三十年間、女性の扱いが良くならなかったことは私たちにも責任がある。嫌だったこと、悔しかったことは黙って目をつぶってのみ込んでいれば、それが正しく賢いことだと思い込んでいた。私たちは毒親に育てられたアダルトチルドレンと同じだ。

子どもにはそんな思いをさせまいと思った。でも実際には。

＊　＊　＊

娘は日曜日の夕方、帰ってきた。雨が上がらないので買い物がてら、駅前のバスセンターまで迎えに行った。

「どうでした？」

「うんまあ」

「雪降ったでしょ？」

「パウダースノーだったよ」

「イケメンはどうでした？」

と聞くと、

「あれはない」

と断じた。

「ピュアでいいひとなんじゃなかったの？」

「ひどい宴会でさあ。みんなべろべろで、それだけでも嫌だったんだけど。葛城さん下ネタがとまらない人」

「えーっ？　それって軽くショックじゃない？」

「セクハラじゃなくて、うんこちんこばっかりだけどね。ないなーあれは」

「せっかくのイケメンが台無しじゃん」

言わせなくてよかった「パンツを脱いだらヌーヴォー・ロマン」なんて。そんな必要もなくうんこマンだったのだ。

若い人は、だらしない飲み方をする人に対してとても厳しい。かな子だって飲めないわけではないのだが、度を超して飲むことを好まない。

むしろ私たちが、なぜあれほど若い頃、お酒に執着したのだろうと不思議になるほどだ。

飲まないと一日が終わらない、一緒に飲まなきゃ仲間になれない、遊んだことにならない、ストレスが発散できない、そういう風潮が確かにあった。吐くまで飲んだり、暴れたり、記憶や持ち物をなくしたり寝過ごしたり、だらしないお酒の失敗が武勇伝だった。理性を失って他人に甘えたり図々しくなることが打ち解けるということだとされていて、それが大人のルールなのかと思っていた。その環境がセクハラやパワハラを許してきた。

あれはいったい、なんだったのだろう。


「チャラ男の方がまだ、大人に見えた。チャラ男も酔っ払うけれど別にしらふより酷くなることもないし、下ネタ言わないからね」

「へえ、珍しい。チャラ男さん株が上がったの」

それでも、かれらの間には決定的な違いがある。

中心をどこに置くかだ。

世の中がぐるぐる回る独楽《こま》のようなものだとしよう。

どんな馬鹿でもどんなに下品でもイケメンというものは、あるいはもてる男というものは、独楽をきれいに投げて回せる人だ。

独楽は自分から離れた場所で回っている。だから価値観の中心、つまり独楽の軸は自分の外にある。必要があれば最初から中心を相手の近くに寄せてあげることもできる。独楽の軸が動いたところで自分のバランスが崩れるわけではない。まったくかまわないのだ。影響を受けないのだ。

だが大多数の、イケメンではない男は独楽が自分の中で回っていると思っている。独楽の軸を自分の内側に置こうとする。スタンダードを取り込んでバランスをとろうとする。どんなに育ちが良くても、どんなに性質が温和でも。

そのために彼らは努力をする。すさまじい努力を。

もしも中心が自分の外に出てしまったら、あるいは傾いてしまったら、かれらはバランスを失って壊れ、怖ろしい目に遭うと思っている。絶対に中心を失うまいと思っている。かれらは独楽の上に乗って回りながら身をかがめ、足元の軸にしがみつこうとする。ありえない曲芸だ。軸が動くだなんて、軸が自分から離れて少数派や部外者のものになるなんて絶対に許せない。そりゃあもう発狂したようになって怒るわけです。古くさいわけでも、保守的な考えを持っているわけでもない私の夫ですら、残念ながら、そうなのです。まあそんな話しないけどね。わかり合えないから。

とまあそんな話を、車のなかで娘にした。

「わかりみが強い」

と彼女は言った。

「間違ってるかもしれないけどね」

「違ってたっていいじゃん、お母さん。そういう独特な考えを言葉に出来るのはとってもいいよ！」

部下のようにほめられた。

私たちは友達みたいな親子だ。

この考えだって間違っているのかもしれない。私の母の世代から見たら信じられないだろう。でもそれほど間違っているとも思えない。

会社を辞めて勉強したいと、かな子は少し前に言っていたが、最近はどうなのだろう。違う仕事を始めたり、結婚や子育てなどを経験するなかで考え方やつき合い方が変わるのなら、今のやり方に不都合が出てくるとしたら、そのとき修正すればいい。もしも娘が孫とだけ友達みたいに過ごしたいというなら、それを尊重すればいいだけではないか。

情緒の薄い娘だが、私にとっては、心から打ち解けられる話し相手である。

難しい時代だ。人々の心に余裕がないから、自由な意見が言いにくい。何かを言えばそうでない人から叱られる。気遣いがない、例外が見えてない、引っ込んでいろ、黙っていろと言われてしまう。私たちが真面目に働く世の中は、これは日本だけではなく世界中そうなのだが、ヤクザが仕切っていた頃の方が今より良かったと嘆いている歓楽街のような場所になってしまった。

だからもし、家族の関係が悪くないのなら、匿名でネットに書いて炎上するよりも、家で意見を交わせばいいと思う。政治のことでも、教育のことでも、「昔は気にしてなかったよね」ということでも。世の中の男（お父さんは除く）ってひどいよねというようなことも。

そのほうが穏やかな社会生活を送れる。

黙っているのは罪とか言う人たちは、実際には味方でもなんでもない。何もかも外で話そうなんて、それこそうんこちんこの愚かなイケメンと変わらない。


「お母さん、明日晴れるかな」

「洋梨の旬っていつ？」

「今日相撲どうだった？」

「ＥＴＣカードの領収書の出し方教えて」

「家帰ったらパンケーキ食べたい」

「来週カラオケ行こうよ」

娘が私に話しかけることは、殆どアレクサに聞いた方がいいようなことばかりだ。でもそれでいいのだ。スマートスピーカーと家族が位置を共有したって。

レシピでも乗り換えでも、洗濯でも戸締まりでも、ちょっと古い映画や本の紹介だってできるんです。ちょっと外では言えないようなことだって大丈夫、聞いてあげる。

一緒に暮らしていて、日常生活のなかで子どもが親に話したいことなんてその程度だし、親が子どもに求めている反応が、そうそういつでも独創的である必要はない。

パンケーキミックスを切らしていたので、スーパーに寄って買い物をした。出てくると夕暮れの空が晴れてきていた。

「明日の天気、大丈夫だね」

私は言った。

夕陽を浴びて、紫がかったピンクに染まっている県境の山を見て、娘は眩しそうに、

「やだなあ。帰ってきた方が景色がいいんだもの」

と言った。

御社のくさたお

葛城洋平（36歳）による

ぼくの名前は洋平なんだけど、いくつもの会社を渡り歩いてきたからやってることは殆ど傭兵。だから〈ヨーヘー〉と、名前で呼んで欲しいと常々思っている。でも会社で言うとみなさんドン引きするってか、アレな目でみられるので言わないようにしている。いつも心のなかでは願ってるよ。名前で呼んで、ため口で喋ってほしいって。誰にでも。昔から上下とかキャリアとか年齢とかにとらわれず、フェアでいたいというのがぼくの信条なので。

どうもぼくはぶきっちょで、この社会で問題なく過ごすということには向いていないようだ。自覚をしていてもしていなくても、いろいろやらかしてしまう。どこにいっても必ず一定の割合でぼくに〈イライラ〉するひとがいる。そういうヒトはちょっと〈ユーモア感覚〉が足りないんじゃないかなって思う。まじめに仕事をしているからこそ、場を和ませる潤滑油としてのユーモアって必要だと思うんだけど、日本人って真面目すぎるんだと思う。日本以外知らんけど。

何が悪かったかわからないまま、けっこう職を転々としてきたぼくは、自分で言うのもなんだけど、けっして仕事ができないというわけではない。そう言ったら奥さんに「なに言ってんの」と笑われた。もちろん奥さんは優秀だ。仕事も勉強もできる方の人だ。いつも、どうすればいいかわかっている人だ。ぼくは彼女を尊敬している。

ぼくにだっていいところはある。だから奥さんも「だまされた」なんて言いながらぼくのことを好きになって結婚してくれたわけで。だますなんて人聞きの悪い。奥さんに言わせれば、ぼくのいいところは〈顔〉だという。〈やさしいところ〉とか〈誠実さ〉だってあるのに。それに、ぼくは奥さんに対してはとても〈忠実〉だ。これもいいところだと思う。だめなところは〈食の好みが子どもっぽいところ〉と〈嫉妬深いところ〉〈反省の足りないところ〉。食に関しては、子どももまだ小さいから問題ないと思う。

子どもは二人とも男の子。上が四歳、下が二歳だ。子どもが生まれて、父になってから、ぼくは変わった。今ではもともとどんな人間だったのかわからないほどだ。そういう意味でぼくもまた〈生まれ直した〉のだと思う。だから、奥さんと横並びで〈親〉ってだけじゃなく、奥さんによって〈新しいぼく〉が、導き出された感じがある。だから感謝するのは当然のこと。

とはいえ、二度目の育休はうまくとれなかった。若い後輩たちも楽に休暇を取れるように、家庭を大事にできるように、自分が先例になるつもりだったのだ。けれども折からの人手不足でかえって後輩たちに負担をかけてしまうことになってしまった。上司とのすりあわせもしっかりやったつもりだったのに、気がついたら職場で孤立していた。

親が忙しくても子どもは熱を出す！　朝はなんともなくても突然、というところが大人と違う。放っておいて肺炎でも起こしたら大変なことになる。次男は長男に比べて風邪をひきやすく、一旦ひいてしまうと治りも遅いようだ。妻が次男をかかりつけのお医者さんに連れて行くときには、ぼくが長男の保育園のお迎えに行かねばならない。長男だって転んで怪我をしたり、トイレを失敗したり、風呂で溺れそうになったり、なんでも口に入れたりする！　それに少しもじっとしていない！　本当に大変だ！　かわいくてかけがえのない存在だけど、育てるっていうのはきれいごとじゃない。おしゃべりが好きなのは、賢いためかもしれないが、あまりにうるさくて腹が立つことも、どうしていいかわからなくて泣きたくなることも、これでよかったのかと迷うこともある。奥さんと考え方が合わないこともしょっちゅうだ。少なくとも子どものかわいさで疲れがふっとぶなんてことはない。気がつくとへとへとになっている。ぼくたちはいったいどうやって育ってきたのだろうと思う。おばあちゃんよりも上の世代だったら五人兄弟とか八人兄弟とか、ざらにいただろう。しかもそのころのオヤジさんたちは育児なんてしなかっただろう。つくづく母たるものは偉大である。

話はがらりと変わるんだけど、もうすぐ平成が終わる。前から知っていたけれど、三月に入ってから急に実感が湧いてきた。〈平成が終わる〉ということをより、強く意識するようになった。

「降る雪や明治は遠くなりにけり」なんて俳句がある。

今年の夏とか秋になれば、ぼくたちはきっと「昭和も遠くなりにけり」なんて言ってるに違いない。きっとじゃない、絶対言うよおじさんなんだから。今調べたら、中村草田男という人の句だそうだ。「くさたお」って読む。くさたおって、どんな名前なんだよと思ったが、本名ではなくて「腐った男」からきているようだ。「腐った男」と面と向かって言われて、おおそうかい、じゃあそんなふうに名乗ってやろうという。心意気だね。〈ユーモア感覚〉にすぐれた人だ。

＊　＊　＊

次の元号はまだわからない。だが、二ヵ月後には確実に新しい元号を書類に書き込んでいることだろう。今と変わらない仕事、今と変わらない暮らしのなかに、家電とか猫みたいに、未知なる元号が座っているのだ。その元号とまた何十年かつき合うのだ。ちょっと特別な感慨があるね。自分には正解が隠されていて見えないような変な感じもするけれど。

まあ、なにごとにもそういう面はある。

一年前、ぼくは横浜の小売店で働いていた。ずっとそこにいられるとも思っていなかったけれど、こんな地方に来るなんて予想だにしていなかった。あのときは行き詰まっていた。ぼくの仕事も行き詰まっていたし、奥さんは二人目の出産を機に正社員の仕事をやめることになった。疲れていて、気持ちが荒れていた。些細なことで言い合いになった。これでは子どもの教育にいいわけがない。さらに住んでいたマンションで子どもたちの声や足音がうるさいと問題になってしまった。床とか生活時間とか、できる限りの対策はしていたはずなのに、神経質なご近所からたびたび苦情を受け、とうとう本格的に参ってしまったぼくたちは、子どもが寝てから何度も何度も夫婦で会議をして、その結果奥さんの実家のそばに引っ越すことにしたのだ。かなり思い切った決断ではあったが、今のところ、失敗ではないように思う。長男の表情も明るくなったし、奥さんは溜息をつかなくなった。次男が三歳になったら働きに出るつもりだと言う。

ちょうど、ジョルジュ食品に求人があったのもラッキーだった。もともと食品関連の小売店や流通の仕事をしていたから、業界には馴染みがあった。ジョルジュの社長は、ひと目みていい人だなと思った。この人にならついて行けそうだという気がした。その思いは通じて、採用された。

こちらに来て困ったのは車の運転だ。ぼくは長い間ペーパードライバーだったからだ。そもそも昔から運動神経がいい方じゃない。慣れれば大丈夫だよと奥さんは言ったけれど、全然そんなことはなくて今でも怖い。バック駐車が怖い。歩道のない道、センターラインのない道が怖い。軽自動車ならまだしも3ナンバーなんて幅がわからなくて怖い。自転車が怖い。側溝が怖い。渋滞すると息が苦しい。山道は走れない。雪や凍結なんて絶望するレベル。高速道路も勘弁してください。

なのにどうしてここでは、男も女も老いも若きもみんな運転できるのか不思議。子どもや義両親の送迎は生活の一部で、日本語の読み書きくらい当たり前のことと思われている。だけど、全員馬に乗って走れって言われても無理でしょ。一輪車だって危険でしょ。竹馬に乗れなくてもスケートできなくても泳げなくても、そういう人はいくらでもいるじゃないですか。それなのに車の運転だけはしなければならないという。危険だから保険に入ってまで毎日続けなければならないという。おかしなものだと思う。

ぼくは少しでもリスクを減らしたい。だから通勤は自転車。雨の日はバス。朝は一時間に二本、終バスは八時で不便だけれど仕方がない(そうは言っても、車通勤の同僚が送ってくれたりすることもある。人の運転でもやっぱり怖い)。

運転が下手なことは十分に自覚しているぼくなのに、それでも人から、特に女性から言われるとてもいやな気持ちになる。相手を不安にさせているのは僕なのに、一方的に侮辱された気持ちになる。男として否定されたような気分になるのだ。セックスが下手だと言われているように感じてしまうのだ。こればっかりは理屈ではなく、むっとしてしまう。なぜなんだろう。

　社内の人達は基本的に真面目で親切だ。冗談があまり通じないのはどこにいっても変わらないけれど、それでもきつい感じはあまりしない。地方だからなのかもしれないが、この会社はずいぶんのびのびしているような気がする。自分なりの仕事のやり方が許されてるっていうか。

　入社早々に、慰安旅行があった。当然、参加したけれど、どうも宴会でぼくは、早速やらかしたみたいだった。レクリエーションなんだから旅行の夜くらい、羽目を外して楽しめばいいと思うんだけど、こちらでは下ネタ（といってもセクハラではない）が通用しないらしい。酒を飲んでいたからごまかせたけれど、もし飲めなかったら厳しかっただろうなあ。これからは気をつけようと思う。

　恥をかいてしまったときの、ごまかしかたをぼくは知っている。〈ここでのぼくは、ただ演じてるだけ〉と自分に言い聞かせるのだ。〈借り物の人生だ〉〈難しい役に挑戦している〉と思うのもいい。まあ、そういうところが、懲りないというか〈反省が足りない〉と奥さんに指摘される所以《ゆえん》なんだけどね。

ぼくは、少し人と距離がある。でも、この会社の人はそれぞれに距離がある気がする。部長の三芳さんは、特に、毛色が違っていると言うべきか、ほかの人よりいっそう距離がある。不思議なことに、この人は出張のたびに「上司として同席する」と言って、ついてくるのだった。

三芳さんはちょっとセンスが変わっているけれど、悪い人とは思えない。経営学とか経済学みたいな話が好きで、はいはいと聞いていれば機嫌がいい。

新幹線のなかで、社内からかかってきた電話にデッキで応対していた三芳部長は、通話を終えて戻ってくると、

「メールすりゃいいのに。電話かけてくるやつってほんと無能だな」

と言った。

ぼくは、正直メールすら面倒くさいと思う。ちょっとした確認なら、ショートメールやLINEが早い。メールはちょっと億劫だ。それにすぐに返事をしていいものか、少し考えたふりをしてから返事をしたものか、迷うのだ。お世話になりますとかよろしくご査収くださいとかも面倒くさいし。それに、電話を嫌がる三芳部長の文章は、下手くそでわかりにくい。まあ喋っていてもわかりにくいんだけど。

なんというか連絡そのものがもう、面倒くさい。電話という、かつては一人勝ちだった連絡手段が時代遅れになってしまってから、代わりのエースがいない。メールもショート

メールもＬＩＮＥもインスタグラムやツイッターのＤＭも一通りなんでも使えるんだけれど、抜きん出た存在がいない。選べない。

「電話が人の貴重な時間を奪ってるってことに気がついてないのかね」

移動中の貴重な時間、スポーツ新聞のアダルト面を見ていた部長が言う。アダルト面って昔、おはよう面って言いませんでした？　と、我慢しきれず聞いて不興を買った。


来月は、四月だけれど平成最後のなんとかが横行して、相当に慌ただしい時期になるだろう、と三芳さんは言った。弊社の商品も、他社と横並びで一斉に値上げする。

「なんでこの時期だと思う？」と聞かれて、横並びでないと、目立つから、叩かれるからだとぼくは答えた。

すると三芳さんはこう言うのだった。

「消費税が始まったのっていつか覚えてる？」

「いえ。ものごころついたときにはあったような。何パーセントだったかは覚えてません」

消費税が始まったのが平成元年だと、かれは言った。それなら覚えていなくて当然だ。消費税は、最初は３％だったらしい。それから５％８％と上がり、今度の、なんだかわからん元号の元年にまた上がる。

今回の値上げというのはそういうことだ。

消費税が上がる前に、駆け込み需要があるだろう。そのときに値上げの割高感があってはいけないのだと言う。ずっと前に定価を上げておかないと、買い控えに繋がってしまうと部長は言った。

弊社で扱っている商品は、保存が利くものが多いから、買いだめもあるだろう。つまり売り時なのだ。そのあとはすぐに年末商戦、そして来年はオリンピック。

「オリンピックが終わるまでは、何も考えずに走り続ける感じになるだろうなあ。うちの業界だけじゃなく日本中の人が」

「部長はオリンピック、楽しみですか」

「そりゃそうだよ。日本でやるんだもの！」

「でも物流とか不安じゃないですか？」

「そうかな。でも当社だけが不利益を被るわけじゃないし、どこも条件は一緒なわけだから」

「オリンピックの後は冷え込むでしょうね」

だからこそ、今のうちに打つべき重要な施策のひとつが、商品のハラル化なのだった。インバウンドだけでなく、外国人労働者はこれからも増えるだろう。ムスリムは中東だけでなく、インドネシアやマレーシアなど、東南アジア諸国にも大勢いる。これからの売上確保のために、ムスリムの人達が安心して食べられる認証された食品をラインナップすることが大事なのだった。

この会社に来て、ぼくが最初に手がける仕事は、この部分の取り組みだった。勉強しなければならないこともたくさんあるし、生産や仕入れに関する手続きもいろいろとあって、出張が増えた。そのたびに三芳さんはついてくる。ついてくるのだが、セミナーなどに同席することはなく、どこかに行ってしまうこともある。まあ上には上の人の仕事があり、つき合いがあるわけで、ぼくだって見張られているより気楽だし、いいんじゃないかと思う。

＊　＊　＊

実際問題として、昭和は遠くなるのかな。

ぼくも一応、昭和生まれの男である。

とはいえ五十八年生まれだから、昭和の記憶なんて殆どない。昭和天皇の崩御も覚えていない。〈平成おじさん〉の写真は知っているけれどリアルタイムではなく、後で見たんだと思う。

ぼくは昭和レトロが大好きだ。これは奥さんとの共通の趣味。純喫茶とか地方のデパートの大食堂とか、温泉ホテルとか街道沿いのドライブインとかが好きだ。古いけれど、思い切り派手でかわいいデザインを見ると嬉しくなる。原色や濃い色、特にオレンジと緑の使い方がすごい。雑貨もいい。魔法瓶でも食器でもテーブルクロスでも、花柄とかレースとか星柄とかで埋め尽くしてしまうところがかわいい。

昔の人は顔も濃い。女性なら髪型やメイクも濃くて、男も眉毛やもみあげが太い。太いマジックで書いて銀色のふちどりがしてあるみたいだ。だから原色のセーターや肩パッドや、ダブルのスーツや大きな襟、太いネクタイとバランスがとれる。

昔はああいうものが流行ってたんだなって、自分が生まれる前のものを見ると楽しくなる。建築とかでそれがまだ使える形で残ってるのは純粋にすごいと思うし、昭和のものって、お金も手間もかけて作ったものが多いから、完成度が高くて、質が高い。それを壊したり捨てたりするのは、心底もったいないと思う。

もちろん経年変化で汚れてきているものもある。でもそれも許せてしまう。アナログなものって、写真でもレコードでも映画でも店舗とかでも、重厚でどこか薄暗くて陰があって、奥の方にひきこまれる感じがする。平成のもの、というか九〇年代以降のものには、奥行きがない。〈陰影〉がない。均質だけれどコスパ重視だから耐久性もない。やっぱり、質で見てしまう。

昔はどこでもタバコが吸えたりとか、人の方もおおらかだったわけでしょう。ぼくがタバコをやめたのはもう随分前だけど、今でもタバコの夢を見る。「うわーしまった、せっかく禁煙してたのに吸っちゃった」というところで目を覚ます。

禁煙したのは、奥さんに嫌われたくなかったというだけの理由で、あとはこの時代にタバコなんてダメだろというのもあって、健康なんて二の次だった。まわりの人に配慮して、自分の評価を気にして、お小遣いのこともあるし、そういう理由で止め続けているというだけで、もしも明日死ぬということがわかったら、とりあえずタバコを買って一服すると思う。

タバコを許さない世の中は、そのうちにお酒を許さない世の中になるだろう。そのあとはなんだろうか。秘密や匿名を許さない世の中かもしれない。考えると心が苦しい。だから、少しくらい空気が汚くても、おおらかな昭和の時代に憧れるのだと思う。きちんとしなさいって怒るかあさんと、「たまにはいいよね」と秘密を分かち合ってくれるばあちゃんの違いだ。ばあちゃんで思い出した。今でもニッキの味の飴ってあるんだろうか。シナモン風味じゃなくて、コートのボタンみたいに分厚くて刺激の強いやつ。ばあちゃんの家から帰るとき、あのころは苦いような気がしていたけど、急に思い出して懐かしい。

リアルタイムで昭和の四十年代、五十年代を見てきたひとたちは、昭和レトロの良さを見ない。古い、ダサいと決めつけてしまう。まわりの、いろんな人に聞いてみたけれど、三芳部長の世代ですら、ぼくたちとはちょっと違う。

かれらは、たとえ清潔で味が良くても、昔っぽい喫茶店やレストランだと気分が上がらないそうだ。原色が嫌みたいだ。リアルタイムをともにしてきた筈なのに、勿体ない。ダサさは一周回れば解毒するんだと思う。それに、本当にダサいものなんてなかなか残ってはいない。でも、自分に近いところはなかなか一周回せないのだろう。ぼくの子ども達が大きくなったら、ぼくがあまり好きじゃないぺらっぺらのモダンでシンプルなデザインや、モノトーンの色合いや、初期のインターネットのダサさやネットスラングがかわいいと言い出すのかもしれない。

＊　＊　＊

うちの奥さんはオリンピックに反対している。今でもまだ、三日に一度は「オリンピック、やめればいいのに」と言う。「絶対何か問題が起きる」と言う。さすがにもう、ここまで来たらやめたときの損害の方が大きいと思うので、ぼくとしては、つつがなく、つつがなくと祈るのみなんだけど。そんな考えは「弱い！」と言われる。ぼくも「くさたお」なのかもしれないと思う。

「九のつく年は中国で波乱が起きるんだって」

天安門事件もチベット動乱もそうだったと奥さんは言う。まっさきにウイグル問題が頭に浮かぶ。そしてインドとパキスタンの緊張、トルコと中国は大丈夫なのかと思う。

「中国で何かあったら、世界経済が傾くよ」

ぼくはそっちが心配だ。

「世界なんてもうとっくに傾いているよ」

それもわかる。

次の時代に対して、同じ不安は持っているのだ。具体的には想像もつかないが、大事件が控えているという気がする。嵐の前の静けさを感じている。

だが今はまだ、駅まで見送りに来たカップルの別れみたいな時間だ。言うべきことは言って、握手とかハグも済ませて、彼女に「じゃあね」と言って電車に乗り込んだものの、ドアが閉まらない。手を振ってしまったら帰れと言っているみたいだし、電車が発車する気配もないし、彼女は彼女でここで帰ったら冷たいかなと思ったりしている。それで薄っぺらい間抜けな笑顔を顔に貼り付けて見つめ合っている。高まっていた悲しみがどこかへ行ってしまうではないか、愛が減るではないか。彼女だって泣くに泣けないではないか。とにかく早く発車しておくれよ、という時間。本や映画で、登場人物が死ぬのか死なないのか、結婚するのか別れるのか、先にレビューを見て知っておきたい感じにも似ているかもしれない。

人間の心の内側には、どうしようもなく残忍で野蛮なやつが潜んでいる。どんな善人だろうが、上品な顔をしていようが、鬼や変態や差別主義者を心のなかに飼っている。そういう人格は、不安を食って太り出し、ゲートに納まった馬みたいにガタガタ暴れている。ゲートが開いて走り出す時を待っている。やつらは危機的状況に飢えている。カタストロフィを見たいと叫んでいる。

それが悲惨なテロなのか内戦なのか天災なのかパンデミックなのかわからないけれど、「平成のときはまだましだった」とみんなが言い合う姿は容易に想像できる。確実になにかの破局と絶望をもたらすロシアンルーレットに、プレイヤーとして関わっている気がしている。世界中の人が不安で〈ヒリヒリ〉していて、世界中の国に化け物みたいなめちゃくちゃな政治家が〈跳梁跋扈《ちょうりょうばっこ》〉している。

奥さんはぼくとは違う考えだ。太平洋戦争だってポル・ポト政権だって四年しか続かなかったというのだ。これからその四年が始まるとしても、うちの子たちが大人になるころには、違う時代になっているんじゃないかと。だが、ほんとうにうちの家族はそこまで生き残れるのだろうか。それに日本が戦争していた期間はもっと長い。

今の状態はノストラダムスの大予言が流行った世紀末の感じとも似ている。高校生だったぼくは、その雰囲気を楽しんだ。怖い話や怪しい話、都市伝説、未確認の生物、UFOといったものが大好きだった。「二〇〇〇年問題」で世界中のコンピューターがふっとんだらどうなるだろう、とワクワクしたものだが、何も起きなくて拍子抜けした。

今回だってそうかもしれない。

何も起きないかもしれない。

低空飛行でもなんとか凌いで、過ごせるかもしれない。心のなかの鬼たちが「つまんねえの」と言うのを隠しながら、つつがなく、つつがなく。

酢と油、祝いと呪い

岡野繁夫（33歳）による

駅構内と、そこから五分ほど離れた北口のバスセンター前に、新しくジューススタンドが開店した。いずれも十坪に満たない小さな店舗である。店名は「ジョルジュ　ビネガースタンド」。フルーツビネガーのドリンクをメインに、季節のスムージーなども扱っている。

なんで今の時代にジューススタンドなのか、と思ったけれども、回転率も良く、原価率を低く設定することが可能なため収益性にすぐれている。事前調査をして東京や横浜でも個人経営の古い店が高級店と並んで一等地でがんばっていることがわかった。新しく参入する価値はあると思った。

俺は二軒のショップマネージャー兼エリアマネージャー（つまり仕入れ担当とか売り上げ管理とか、現場責任者とかそういう意味だ）として、プレオープンの三月下旬から働くようになった。プロジェクトマネージャーには伊藤が抜擢《ばってき》された（こっちは全体の運営。出店計画、店舗デザイン、商品企画など幅広くやる。ああもう日本語で言えよって感じ）。復職して一年だが、昔のような笑顔はなく、もしかしたら辞めてしまうかもしれないと思っていたので、正直なところ驚いた。

社長はこういう店をやるのが夢だったと言う。工場の商品開発部に水島さんというベテランの主任がいて、変わったビネガーをたくさん試作していたのだが、そこに社長が目をつけたのだった。ビネガードリンクというのは、特に新しいものでも珍しいものでもないけれど、健康的で内臓脂肪にも効くということでこのところ、よく売れている。フルーツビネガーは、イメージ的にカラフルなところが今の時代と合っていると三芳部長は言う。

当社で売れ筋の商品は、リンゴや柚子、ブルーベリーなどの定番だが、水島さんが新しく手がけたものは木イチゴやコケモモ、変わったところだとライチやチョコレート、タマリンドなどもあった。製品化には慎重な意見が多かったが、ショップで出したら話題になるんじゃないか、という社長の一言で、一気に計画が進んだ。

店舗スタッフとしては工場から日本語と英語の堪能な中国人の二人が選ばれた。働く外国人や観光客への明るい応対がイメージアップにもなるし、将来の働き手の確保に繋がるというもくろみもあるのだろう。駅前店は劉さんという女性、バスセンター店は王さんという男性がスタッフとして常勤し、学生アルバイトとともにシフトを回していく。劉さんはしっかりした性格で手際も良く、王さんは穏やかでよく気がつく人だ。二人の性格の違いは、場所の特性にも合っていた。

どこの会社もどんな事業でもそうだろうけれど、準備段階では一悶着あった。懸案事項が出るたびに三芳部長と伊藤がもめた。ロゴデザインやユニフォームがダサいのダサくないのという議論では伊藤がただ反対したいだけに見えたし、三芳部長発案の「お代わり無料キャンペーン」というのは意味も効果もないと思った。ほかにも店舗の設計、メニューの数、開店時間など、この二人は水と油みたいなもので、あらゆる場面で対立した。いや、伊藤は水じゃなくてすっぱいビネガーだな。でも、二人とも会社のことを真剣に考えているのだから、混ぜればいいドレッシングになる。当社にふさわしい組み合わせだ（蛇足だが、劉さんと王さんだって仲が悪い）。

伊藤のアイディアで採用されたのは、ブックタイプのボトルカバーだ。カミュのブランデーを真似たのだが、分厚い本の形をしたオリジナルケースにビネガーの瓶を収め、本棚を模したラックに納めた。遠目には小さな本屋みたいなスタンドということで写真を撮る女子高生が日増しに増えた。女子高生の後を追うように地元のテレビ局やタウン誌がやって来た。そんなわけで、滑り出しは上々だった。

四月一日のグランドオープンの日を俺は、わくわくするような気分で迎えた。仕事でも、仕事以外でも、わくわくするなんて久しぶりのことだった。新年度の開始日でもあり、昼前には新元号が発表されるということもあって、世の中が希望に満ちた未来を望んでいる気がした。自分がさえない生活を送っていても、フレッシュな若いひとがいたら応援したいと素直に思えるような朝だった。

「天気もいいしすがすがしいね」

ミーティングが終わって、店舗に移動する道で俺は伊藤に言った。

「昼から雷雨だって」

伊藤は表情も変えずに言った。

「マジで？　それ、当たるかな」

「やっぱり新元号が不吉なんじゃない？」

「え、俺は新元号楽しみだけど」

「元号なんて、使ってるの日本だけだし、踊らされて浮き足立ってるってみっともなくない？」

「そうなのかな」

「悲惨なニュースとか、通しちゃやばい法案とか、今起きていることから目をそらさせるための誘導だよ。所詮目くらまし。マスコミだって大騒ぎして、ばかみたい」

「うーん」

俺が困っているのを見て、劉さんが言った。

「中国には紀元前から二十世紀まで、膨大な数の元号がありました。私たちが失ってしまったものを、日本のみなさんが受け継いでいるのは、いいことだと思いますよ」

余計なことを話さなければよかったと俺は後悔し始めていた。もっと具体的な、何が売れるかとか次はどんなフレーバーを用意したらいいかとか、そういう話題にすればよかったのだ。

元号がいいとか悪いとか、そういう話をしたいわけではなかった。単位として、二十年から四十年くらいの長さを束にすると使いやすいというだけで。世の中の流れって、三十年、四十年くらいでまとめるのがちょうどいい気がする。結局人間って自分が生きているくらいの長さが、等倍で見えて把握しやすいんじゃないかなと思う。

そんなことより俺は、なんだか久しぶりに「春だ！」という気分になっていたのだ。「スプリング！」「プランタン！」と叫んでもいいくらいの、生き物としての喜びを感じた朝だったのだ。春というものは、突然舞い込んで来るものなのだ。一瞬で冬は古びてしまう。俺はずいぶん長い間、退屈していたんだと思った。

水を差すようなことを言いやがって、と言うつもりはない。そんなのは「不謹慎」とか「縁起でもない」と同じ決めつけだ。俺に嫌な思いをさせやがって、という老害のセリフだ。

　でも、ふわふわと明るい気分になったのは久しぶりのことで。その気分が白い淡雪のお菓子のように、ほんのり甘くてはかないもので、俺なんかには到底似つかわしくなく、この時期を逸したら滅多に味わえない、味わうことすら許されないものだという気がしたのだ。一瞬だけの喜びなのだ。これを奪われたらまた、さびしくてぎすぎすした世界に戻ってしまう。

　だから灯りを消すなよ！　と思ったのだ。

　やっぱり、水を差すなってことか。

　認めたくないけれど、まさにそう。

「日本では一年の計は元旦にありって言いますけれど、中国では、春にあるって言います。農作業の計画は春、早いうちにしましょうということ。だから、がんばりましょう」

　劉さんが言った。初日からなんて優しいんだ。

「伊藤も、昔はもっとおおらかだったんだけど」

「伊藤さんには、考える仕事がたくさんあるからでしょう」

　そうかなあ。伊藤は、変わったと思う。

　毎朝目が覚めると、俺は布団のなかでＳＮＳをチェックする。フェイスブックとツイッター、インスタグラム。なにか面白い話はないか。やる気になるようなすてきなエピソードはないか。美しいものや、得する情報はないか。何がバズっていて、危うい話題は何なのか。店のアカウントや会社のアカウントで、変な動きはないか。

伊藤は朝から怒っている。もちろん本名ではないツイッターで。こんなことを書いている。

「男性は、生まれたときから恵まれている、だから弱者の立場に立てないんだ。弱者の気持ちがわからないんだ」

そんなふうに、一日の始めから人類の半数を切り捨てる。

「配偶者のことをご主人とか旦那さんとか呼ぶ人はだめ」「嫁さんや奥さんという言葉を使うのもだめ」あと、「お前という二人称はたとえ方言でも許せない」とも書いてある。俺という一人称も苦手らしい（あ、俺のことじゃん）。

伊藤は、地獄に生きているのだなあと思う。

世の中をまず、半分に切ります（半分は、敵だからです）。

それから思想でふるいにかけます。

気の合わない人を除きます。

反応が薄い人、相づちがとんちんかんな人を外します。

すると、どこからともなく、いちゃもんをつける下品な人が湧いてきます。これは個別にブロックするしかありません。

世の中を削っても削っても、吟醸酒みたいに澄んだ味は得られない。器を小さくしたって、濃縮された地獄が出現するだけだ。ほんの少し構図が変わるだけでいつまでも見飽きない地獄の万華鏡。

つらいだろうなあ、朝から怒るの。

昔は、伊藤と飲みに行って、くだらない話でも、小さな気がかりでも話すことができた。会社の悪口を言って鬱憤を晴らしたり、大きな声で笑ったり、ちょっとした秘密の真相を分かち合ったり、そういうのが社会人の遊びだと思っていたんだ。

今は、ちょっと違うと思う。

大勢でやる社内旅行とか懇親会とかならとにかく、個人的に飲みに行ったりするのは、もう違うなと。

分断が進んでいるというのは、こういうことなのかもしれない。

休職前の伊藤は、少なくとも、自分と違うという理由で攻撃はしなかった。

伊藤だけじゃないだろう。理不尽に気がついて、それを正そうとする人が増えたのだ。

たしかに俺は、男である。伊藤に比べたら頭も悪いし、考えも浅い。スケベで下品なところは、必死で隠しているがときどきボロも出る。面倒くさくて気持ち悪いかもしれない。

つまり、厄介なキャラクターを背負っている。

だからと言って、人生をやり直せと言えるのだろうか。彼女が正しくて俺が間違っているとしても（おそらくそうなんでしょうけどね）、「男としてこの国に生まれたならば、育ちも教育も間違っているのだから幼稚園からやり直せ」と言われているような気分になるのだ。それはつまり、言葉は丁寧だが死ねと言っているようなものだ。死なないためにすべきこと。それは、何十年分の間違いを、一瞬で理解し反省し改めることである。無茶だ。だが、その無茶に対応しないと、アップデートできない古い時代の生き物と認定されてしまう。つらい。それができないなら、死ぬまで謝り続け、贖罪の日々を送れと言われたような言われていないような。まあ極端かもしれないが。

ものすごく平たく言えば、自分が地獄に住んでいるから、あんたも地獄に落ちなさいということ。

地獄で正義を行っても、ちっとも楽しくないだろう。そんなことより、伊藤の病気は本当に全快したのか。通院してるし大丈夫とか言っているがほんとうなのだろうか。死にたくなったりするなよ、と言いたいが、しらふでそんなことを、しかも朝から怒っている同僚に言えるわけがないじゃないか。

俺は、人間として伊藤のことが少し心配なのだ。

桜が満開になってから、雪が降った。

「やっぱり異常だよね、今年は」

と伊藤が言った。

「隣の神社のコブシの花だって全然咲かなくて。毎年、たくさん咲いてたのに。こんなこと初めてだって言ってた」

「そういや、今年はイカが不漁で鰯が豊漁だったらしいね」

「海のなかまでおかしいんだ」

あーあ。

俺は数年前に彼女にふられたときのことを思い出す。別れるという結論が出て、でも、一時間に一本の同じ電車で帰らなければならなくて、その電車が来るまで二十分、駅の待合室で待たなければならなかった。二人に未来は存在せず、関係は清算されており、話す必要など一つもなかった。だが、どこかの家から持ってきたような、手作りの座布団がなかよく並んでいる駅の待合室で黙っている気まずさに耐えられる俺でもなかった。そこで俺は、二人の過去にも未来にもまったく関連しない、アイスマンの話を始めた。イタリア・オーストリア国境で発見された五千年前のミイラである。愛称はエッツィ。なんでミイラに愛称つけるかね。彼女は薄笑いを浮かべながら、一応頷いて話を聞いてくれた。

それから何年もたって、イカとかコブシとかハナミズキとか、そんな話しかできない同僚が目の前にいる。さびしい。

まだ始まってまもない店だけど、人通りの多いところだから、おかしな客も、通行人もいた。ただイライラを発散するために店員をターゲットとするもの、ありえない理屈を展開して被害者ぶるものなどである。

俺なんかその対応のために配置されたようなものだ。図体がでかくて人相の悪い俺や、一応、誰が見ても偉いひとだとわかる社長が「なにかありましたか」「お困りでしたら、承りますが」と声をかけるのだ。周辺でもめ事があったり、困っている人がいても、積極的に手を貸す。それも必ず笑顔で、余裕を持ってやれと社長から厳命されていた。見て見ぬ振りをする人が減れば、必ず良くなるから、というのだった。

社長も、変わった。会社にいるときは、なんでもかなちゃんに頼りっきりで、正直凄さとか、わからなかった。

社長の次のプランは、工場内の食堂のリニューアルだ。それも、道路沿いに別棟を新築して一般向けに開放したいと言う。葛城さんのやっているハラルフード対応などもそうだが、ビーガンやベジタリアン向けのメニューも揃えて、港湾地区の新しい名所を作ると言うのだった。

新元号の発表からまもなく、新紙幣が決まったというニュースが飛び込んできた。これもまた、退屈を紛らわす新しい話題だった。こうしてキラキラした祝祭の日々は続くのだろう。新しい天皇陛下の即位からオリンピックまで。ほんとうの経済が停滞していても見て見ぬフリをしてご祝儀相場で凌ぐのだろう。仕事がきつくても、生活が苦しくても愚痴を言えない状況を作るつもりなんだろう。この状況でキラキラについていけない方が、苦しい。

それでもいい、どうせ何もできやしないんだという思いはある。

もうすぐ十連休が来る。

十連休とは世間的な名称であって、自分の身に起こることではない。

連休はかき入れ時であり、イベントも相次ぐ時期なのだ。明けても、この薄い人員配置では代休もとれない。ひでえ話だと文句を言いながらも、仕事という口実で祭にのみ込まれるのはそれほど悪いことではないような気がしていた。どうせ、どこに行くのだって混んでいて、休んでいたって出かけないのだ。年度が替わって、休日出勤の手当が厚くなったのが救いだった。

＊　＊　＊

ご多分に漏れず、ここでも統一地方選は盛り上がらなかった。県議会議員も、首長選挙も無投票の選挙区が目立った。はらはらしながら見守るような要素はほとんどなかった。

俺は一応、期日前投票に行ったけれど、投票率はひどいものだったらしい。

政治家のなり手がいないと言われて久しい。

政治家だけじゃない。医者だって足りない。教員だって足りていないのだ。きつい仕事や、モンスターに責められるような仕事は、露骨に嫌われる。

だからみんな、気がついてなかったと思うんだ。

いつの間にか「それ」は始まっていた。

前の市長が高齢で引退したのは、二年くらい前だったか。後任である今の市長は新人だったが対抗馬もちょっと極端な感じの人しかいなかったので、すんなりと決まったのだ。派手な人ではない。当時は若い市長だということで話題にもなったけれど、仕事ぶりはきちんとしていた。議会との折り合いも良かった。嫌みなスタンドプレーも、過剰なアピールもなかった。うまくいきすぎて、誰も気にかけないほどだったのだ。そこに作り物のような整合性と平坦さがあったことに、誰も気がついていなかった。

若くてポジティブなひとなら、それでいいではないかという風潮になっていた。目くじらを立てる人の方が、なにか後ろ暗いのではないかという雰囲気もあった。気がつけばみんな巻き込まれていた。乗せられていた。

いつの間にか、議会の顔ぶれもすっかり入れ替わっていた。極端な主張も、うるさい演説もしないから、疑問に思わず、受け容れていたのだ。それで何か問題があるのかと言われても誰も答えられないのだった。

新しい知事もそういう人だった。

国立高専卒後、ＩＴ企業に勤務。三十二歳。写真では年の割に落ち着いているというイメージだったが、会見では快活に話す人だった。たくさんの票を集めたものの、実際にどういう人なのかは誰も知らない。まあ、どうなっても、そんなには変わらんでしょう、感じのいい人だし、大丈夫でしょうという意見が多かった。社長すら、まだ会ったことがないと言う。コネも根回しも何もなしで当選してしまったのだ。

知事や市長がもしも、最近流行っているアニメの「さわやかサイコパス君」みたいな人だったらどうするのだ、と思うが、疑うことすら縁起でもないと言われそうで、口には出せなかった。

世の中が変わるときというのは、そういうものかもしれない。

面白いのが、国政に関してはアレルギー反応を示す伊藤ですら、県内の変化には無反応だったことだ。

＊　＊　＊

十連休は祝祭のムードに溢れていた。

心を縛っていた何かがほどけたような日々だった。

ここ数年は、将来の見通しが立たず、重苦しい雰囲気が漂っていた。そんななかで、表向きだけでもポジティブさを保ち、穏やかさを装ってきた人間にとっては、このあたりで一息つかなければという切実な思いもあった。どんな椅子であっても、座り心地が悪くても、安くてぐらぐらしていても、たとえひっくりかえる危険があるとしても、座らなければもうもたない、という感じだった。ウソでもいいからと思う気持ちの裏で、何がウソかなんてどうせわからないのだという開き直りもあった。マグロの正体がアカマンボウでカニの正体が蒲鉾でウニの正体が醤油をかけたプリンでイクラの正体がタピオカで何が悪いのか。逆にちょっと面白いじゃないか。平成最後の大セールにしたって、令和初荷セールにしたって、ただの在庫減らしでしかなく、それこそ誰も新元号なんて知らなかったときに作ったものだ。誰しも騙されずに生きることなんてできないのだ。

それにしても令和という新しい元号は口当たりが良かった。ぼんやりとしたものではなく、華やかな刺激があった。それは痛みを麻痺させる薬剤なのかもしれなかった。軽い酔いや薄い多幸感に似ているのかもしれなかった。

五月一日から三日にかけて、市街地では県内市町村と世界の姉妹都市を巻き込んで、前代未聞の規模でのイベントが行われた。改元の祝賀と相互発展を願うという名目で、コスタリカ、ポーランド、マルタ、ジョージア、ルワンダ、カナダなどからの使節団が続々と来県したのである。文化ホールでは子どもサミットや、音楽イベントが催され、シティ広場では食と伝統工芸をテーマにしたマルシェと交流イベントが行われた。「ジョルジュビネガースタンド」もマルシェに出店し、大盛況であった。最終日は交流マラソンとパレード、花火までがつぎ込まれた。各国の姉妹都市の市長は交換留学やインターンシップなどの交流施策をこぞって提案した。旅行会社も連動した格安運賃でのプランを売り出した。当社もこれに便乗して、姉妹都市の名産品や旅行が当たるキャンペーンを打ち出した。

マルシェの撤収で、ゴミを片付けながら伊藤の顔を見て、少し顔色がよくなったなと思った。

「コブシとかハナミズキって、隔年開花があるみたいよ」

俺は言った。

「カクネンカイカ?」

「今年だけ咲かないって話聞いたからさ、おふくろに教えてもらったんだ。前の年にがんばりすぎたときは、翌年花をつけないんだって」

「植物に、そんなことができるの」

「植物って、俺たちが思ってるよりもずっと、いろんなことを感じたり受けとめたりするみたいよ。だから、疲れも感じるんじゃない?」

「がんばりすぎるっていうのが、面白いね……」

そう言いかけた伊藤の顔が不思議な歪み方をして、その次の瞬間からくしゃみがとまらなくなった。くしゃみの合間に、途切れ途切れに、もう花粉の時期が終わったと思って薬飲むのを忘れた、と説明した。

「わかるよ。この時期の花粉って、九月の蚊みたいだもんな」

「わかる。めっちゃ痒いやつ」

「人間とは違う文化だよな。最後に人を痒くするとか、ないよなあ」

伊藤は、顔をくしゃくしゃにして笑った。スキのない伊藤よりくしゃくしゃな方がいいなと俺は思う。

撤収が終わり、やるべきことと言えば、什器や商品の残りを持って会社に引き揚げるだけだった。手伝いに来てくれたスタッフも帰して、主催者への挨拶も済んだ。

飲みに行こうとは、やっぱり言えなかった。

明日は店も休みだけれど、打ちあげってなんだよ、という気持ちもあった。

伊藤がコンビニで、あたたかいコーヒーを買ってきてくれた。

まだ撤収しているほかの団体のブースを眺めながら、コーヒーをすすって、しみじみした。旨い。こういうときはビネガーじゃないよと思う。

学園祭や体育祭のとき、人気のない校舎の隅の方でだらだらと喋っているのが好きだったのを思い出す。中心にはいないけれど、一応参加している、遠目に味わっている感じだ。

そんなときに聞く友達の秘密の話は、格別な感じがした。

逢魔《おうま》が時って言うんだな。まわりの音が聞こえなくなるような、夕方のへんな時間に伊藤から聞いた話は、三芳部長の業務上横領とそれを奥さんがもみ消そうとしているという件だった。あとは、ビネガースタンドが子会社として独立するという話。かなちゃんが新しい知事に接近しているという噂。そして、最後が一番長くてくだらなかった。マルシェに出店していたジョージア人に一目惚れして、明日デートすることになったという話。

「道理で!」

俺は膝を打って言った。

「なんで?」

「恋が顔に出てるよ。バレバレだよ!」

呪いと祝いって、字も似ているけれど、ひっくり返るのは一瞬なんだな。

「私、グルジア語勉強する。トビリシに行かなくちゃだもん」

まるでイケアやコストコに行くみたいに、姉妹都市ってブームになるかも、と伊藤は言うのだった。

ゴールズワージー、それがどうした

伊藤雪菜（30歳）による

久しぶりの恋は不格好だった。ほんとうにどうかしていた、狂っていた。

出張で日本に来たジョージア人に夢中になった。かれの滞在期間はたったの二週間だった。私は一日中かれのことばかりを思い、犬みたいにつきまとった。濃い眉とあたたかい瞳、口のなかに何か入っているような顔をするときは、楽しいことを言おうとしているときだ。最初はよく知らない国の人だから緊張するのだと思った。だが、かれが私のことを「親切で、フレンドリーで、カワイイ」と言ってくれた瞬間に、緊張がドキドキに変わった。

五月の、食と伝統工芸をテーマにしたイベントで私たちは知り合ったのだった。私は自社のビネガースタンドにいて、かれはジョージア観光のブースにいた。ジョージアの食べものは、とても美味しいと評判だった。小籠包みたいなヒンカリ、ハチャプリと呼ばれるチーズパン、プラムソースのかかった雛鳥のタバカ。「わあおいしい！」と思わず叫んだとき、奥で作業をしていたかれが振り返って、その瞬間「この人だ！」と思った。「こんなところに、この人がいたんだ！」まさに瞬殺、一目惚れというやつだ。頭のてっぺんから肘へ指先へ、そして背骨のところを通って腰から足の先まで、電流がビリビリと流れる感じ。元彼のナオトの顔が視界の右上に浮かんだ。集合写真を撮る日に欠席した児童のように。ナオトに対して、運命的なシグナルを感じたことなんて一度だってなかった。やっぱりねえ！

ジョージア人のかれは私に気づいて、にっこり笑ってウインクをした。鐘が鳴りましたよ！　空も地面も太陽も、世界中が驚きに揺れ、喜びに輝いていると思った。

夜になって仕事から解放されると、私はかれを誘った。夜景がきれいに見える港の展望台や、夜中までやっているちょっと高級な焼き鳥屋や、静かな蕎麦屋でふたりぴったりと並んで座った。かれはコーカサス山脈の大自然や、広々とした斜面に点在する美しい村などの写真を見せてくれた。私はジョージア旅行に行こうと本気で思った。そもそも首都の「トビリシ」は「あたたかい」という意味で、それは撃たれて傷ついたキジを癒した温泉から来ているという。日本にも立山かどこかにそんな伝説があったような。私の拙い英語でも話は尽きなくて、かれが泊まっているホテルのそばでコーヒーのおかわりをしながら、ずっと笑っていた。

そう、ずっと笑っていたなんて、何年ぶりだろう。

こうやって整理してみれば恋愛要素なんてひとつもない。ただの友好的な関係だ。でも、免疫力が低下しているとすぐに風邪をひくように、本当に短い間だったけれど、たしかに私は恋をしたのだ。

しかし、相手は本当にかれだったのだろうか。

かれの何を知っていたのかと言われたら全然わからない。どんな性格で、どんな癖があるのかも、よく考えたら知らない。私は自分が発したとても変な周波数、とても強いテンションに巻き込まれて、狂っていただけかもしれない。

そしてあっけなく終わった。発つ前の日、私はかれとその同僚のショッピングにつきあってデパートや和菓子店、瀬戸物屋、雑貨店などをまわった。折りたたみ傘、一口羊羹、扇子、刺し子のポーチ……そして、かれが次々に購入するかわいいものたちは、奥さんと娘さんたちのためのお土産だということを知った。魔法は解け、盛り上がっていた気持ちがすうっと冷めた。

自国の広報で来たかれは、紳士的に、感じよく振る舞っていただけだった。私も、遠くから来た人を、心をこめておもてなしする、純朴で親切な田舎の女に過ぎなかったのだ。純朴で親切な田舎の女。嫌な言葉だ。私はあの胸くそ悪い、ゴールズワージーの『林檎の木』という小説を思い出す。

主人公はロンドンの大学を出たばかりのアシャーストという青年。旅の途中に足を痛めて農家に宿を求め、そこで暮らしているミーガンという娘に夢中になってしまう。二人はたちまち意気投合し、ここを出て結婚しようと口説くアシャーストだったが、お金を下ろすために町に出たきり二度と村には戻らなかった。町に出た途端に、娘が急にみすぼらしく思えてきたからである。アシャーストは偶然、同級生と再会し、そのとき紹介された妹と結婚することになる。そして二十六年後、銀婚式を迎えた夫婦は旅行で再びその地を訪れ、アシャーストはミーガンが自殺したことを知るのだった。

もちろんあのジョージア人は、アシャーストとは全く似ていない。鼻持ちならないリア充でも、後先を考えない愚か者でもない。もっとずっと、すてきな人だ。けれども私が自分のことを、不器用で野暮ったい田舎の女だと思うとき、「丘を越えてきたかわいそうなミーガン！」という文章が亡霊のように蘇る。あなたにずっと取り憑いていたのよ、だって同類なんですもの、と耳元で囁く。大嫌いな小説なのになぜ忘れられないかと言えば、アシャーストがミーガンの服を選ぼうとする場面がやけにリアルだからだ。明らかに場違いなのは町の婦人用品店に一人で入ったアシャーストの方である。だがかれは、一着の洒落た服を目にして、ミーガンがそれを身につけることはありえないと考える。「田舎の人間が余所行きを着ると、たいてい個性が失せるのだ」。かれはミーガンを貶めることで、自分の恥ずかしさや場違いな感じをすり換えたのである。

田舎者というレッテルは、ブスとかキモいという言葉と同じだ。言われた人間にとっては頭の上から汚水をぶちまけられるような経験である。卑怯なことだが言った人間は汚れないし、自分がかけた汚水がどれだけ臭いかということも気にしていない。人を傷つけたという行為だってすぐに忘れてしまうことだろう。だが、やられた方はずっと臭いと恥ずかしさを忘れない。呪いのように、それは消えない。田舎に生まれることや容姿が優れていないことは、本人の落ち度ではない。けれどもやがて、記憶に染みついてしまった汚水の臭さが、自分の体から発していると錯覚してしまう。もしくは、自分は辱めを受けるにふさわしい人間なのだと思ったりする。自虐することによって、人から危害を加えられることを防ごうとするのだ。これは本当に不公平な話だ。ブスとかキモいとか田舎者といった言葉を投げつけられたが最後、どんな返し方をしたところで相手を打ち負かすことはできず、反論する姿が滑稽なだけだ。黙るしかない。苦しんだ末に自分と折り合いをつけ、ステージを変えたつもりで生きていても、ほんの些細なきっかけで呪いは蘇る。

「丘を越えて、ぼくをさがしにきたミーガン！　気の毒なかわいらしいミーガン！」

この部分を読むたびに私は腸《はらわた》が煮えくりかえる思いをする。

ぼんくら野郎のアシャーストはのうのうと生きている。自己憐憫を感じたり、悲しい気分になったりすれば、すぐに妻に甘える要領のいい男である。金に困ることも孤独にさいなまれることもない。ミーガンのように死ぬほど苦しんだり、苦しんだ結果死んでしまったりはしない。なんという気の毒なミーガン！　不公平な男女！　無神経な都会者！　普遍的な文学！　ノーベル文学賞！　ゴールズワージー天才かよ。

＊　＊　＊

よく当たる占い師として有名で、社長もさんざんお世話になった上栄新田のすみれ姐さんは一昨年亡くなられたが、彼女の一番弟子が佳蓮《かれん》さんだ。すみれ姐さんがママをやっていたスナックが入っていたビルは、再開発計画にひっかかって取り壊されてしまったが、佳蓮さんはすぐ裏の通りで、やっぱりスナックをやっている。「芋風船」という変な店名のせいか、一見のお客さんはとても少ない。

昭和の時代のスナックは、だらしないおっさんたちが、接待や会社飲みの二次会、三次会でママに甘えるための場所だったという。でも、今はそういう人たちの多くは定年を迎え、かつてのノリで飲みに行くことは少なくなった。これからの時代、おじさんたちはもっとおとなしくなり、代わりに陽気で体力のあるおばさんたちが増えるのだろう。私がおばさんになる頃には、おばさんやおばあさんたちの層がこの国の多数派になる。しかも、単身の高齢者や、高齢で働いている人がとても多くなる。それはいったいどんな世の中なのだろう。昔の人たちには、描けない未来なのではないか。おばさんにもいろいろな層があるが、公共心やマナーを守りつつ、上手に棲み分けることができれば、昭和や平成よりはマシな世の中になるかもしれない。そこに一縷の望みはある。

この店を教えてくれたのは社長だが、佳蓮さんに何か余計なことでも言ったのか、詳しくは知らないがその後、見かけたことはない。私はかなちゃんと一緒に出かける。

佳蓮さんは年齢不詳だ。話を聞いていると、バブル世代かと思う。でも顔は若々しくて髪の毛もきれいにしている。服装がちょっと突飛で、蛍光色やマルチカラーを身につけている。昔の原宿ってこういう人が多かったのかもしれないと思った。

今日も、早い時間なので貸し切りだ（もしかしたら今夜もずっと最後まで貸し切りかもしれないけれど）。かなちゃんはレモンサワー、私はハイボール、佳蓮さんは緑茶ハイで乾杯をした。

「煮物もあるよ」

そう言いながら佳蓮さんは私の顔を見て、

「何かいいことあったたね」

と言った。私はちょっと好きになりかけた人がいたんだけど、妻子持ちだった、と言った。

「マジで！」とかなちゃんが言う。

「もしうまくいってたら、相性とか今後のこととか占ってほしかったけど、残念。最初に確かめておけばいいのにバカだよねえ。ほんとバカみたいに熱くなっちゃって」

「どこの人ですか？　まさか社内？」とかなちゃんが言うので「外国人」と答えた。佳蓮さんは「そんな気がしてたよ」と言う。

「なんでわかるの？」

「まあなんとなくね。でも伊藤ちゃん、前よりずっといい表情してる」

佳蓮さんは言った。

「顔つきでわかるの？」

「わかるよ。占いじゃなくても、お店やってる人ならみんなそうじゃない？　常連さんの体調がいいかどうか、いいことがあったのか悲しいことがあったのか。つらいときには、あったかいものすすめたり、ボトルは調子よさげなときに入れてもらうとかさ。真面目に商売やってれば自然とそうなるよ」

「すごいなあ」

「お医者さんでも、かかりつけだったら挨拶のときの声と動きと顔つきで、体調の予想がつくみたいだよ」

かなちゃんは、

「私、社長のことならかなりわかります」

と言った。

「チャラ男は？」

「あのひとは、もっと顔に出るし」

たしかに三芳部長は「俺はイライラしてるぞ」という顔をするなあ。「だから俺をこれ以上怒らせるな、俺の機嫌を直す言動をせよ」という圧をかけてくるなあ。ただ、本人が思っているほどまわりはチャラ男さんに興味がない。本人が思っているほどの美形でもないし、見たい顔でもない。チャラ男さんが何よりも嫌がるのは、無視されることなのだが、みんなに声をかけてほしいならもう少し感じよくしてくれても、と思う。つまらない脱線をした。チャラ男の話なんかいいんです。

「佳蓮さん、運命の人に会う前に、偽の運命の人が現れるって、本当ですか？」

ネットのあちこちで見かける説だ。運命の人と会う前には、久しぶりの人から連絡が来るとか、つらいことがあるとか、そういう予兆があるという。ジョージア人は私にとって、次の運命の人に繋がる布石なんだろうか。偽の運命の人なんだろうか。

「そういう場合も、あるけれど。伊藤ちゃんの場合は、久しぶりに恋をしてエンジンかかって、あったまった感じだよね。だからまた近いうちにいいことあるかもよ」

「やっぱり冷えてるとダメなんだ」

「ただねえ。運命とか意識してると、引かれちゃうんですよ。男って、そういうとこはすごくよく気がつくの。がっついてるなと思ったら、一目散に逃げる。そういうふうになってるんだよね」

ああ、ほんとうにそうだ。

私は愚かな恋を恥じる。あんなに熱心に覚えてたジョージアの観光地や食べ物の名前が今後役に立つことなんてあるのだろうか。

「伊藤ちゃん、怒りが消えたね」

「え？　そう？」

そんなことはない。ゴールズワージーを読み返せば、いつだって熱い怒りが戻って来ると思う。テレビのワイドショーとか、大事なことを報道しない新聞とかを見ればまた、前と同じように怒るはずだ。たしかに今は怒ってないけれど。

「恋が、解凍してくれたのね」

「でも私、間違ったことでは怒ってないと思うけど……」

「怒りって酔うから」

佳蓮さんは言った。

「お酒みたいに？」

「そう。お酒とかカラオケと一緒。解放感もあるし、大きな声出してすっきりするし、正しさで人をねじ伏せて支配したら気持ちいいでしょ」

「でもそれが目的化したら、悲しいよね」

かなちゃんが言った。

「営業してたらいっぱい会うよ。クレーマーとか老害とか」

でも身に覚えもあるのだ。発言小町やツイッターで、明らかに間違っていて態度も悪い人を探してしまうことがある。自分が心置きなく正しい人として憤る素材として。みんなから間違いを指摘され、批判されて懲らしめを受けるのを見たくて。実社会では大きな声を出したり怒ったりできないから、こっそりと負の感情を処理するのだ。誰も知らないから出来るのだ。これは私の個人的な恥である。


自分は老害やクレーマーとは違う、そう思いたい。

日本の社会はずっと男中心だった。家庭でも、男を上に置くことが当たり前とされてきた。それに付随してさまざまなルールが整備され、運用されてきた。だけどおばさんが多数派になった社会では、どうなんだろう。変化すること、少数派になることが怖ろしくて、男たちは吠えるのではないだろうか。

わからない。あの人たちとは違うと思いたい。ああはなりたくない。

「政治の世界もそうなんですよね」

やや唐突に、かなちゃんが言った。

「これは許せないってことはもちろんあるし、嘘とか狡猾さとか欺瞞とか、あるんですけど怒りで共感を得ようっていうのは、古いし醜いと思うんですよ。だから嫌われる」

「たしかにね」

「自分が誰を応援するかってことより、『あの人達』の仲間だと思われたくないっていう気持ちの方が大きかったんですよね。敵の敵は味方、みたいな」

かなちゃんが、市長や知事に接近していることは前から知っていた。政治の勉強会やパーティーに出席し、選挙の手伝いもしているらしい。誘われたり、投票を頼まれたりすることはなかった。たしかにここでは、地方自治が変わりつつある。だが、それが一時的なものなのか、全国に波及するうねりなのかは誰にもわからなかった。

「かなちゃん、立候補するの？」

「まだまだです。何も知らないし、勉強中ですから」

「議会が定員割れで困ってるところに行くとか？」

「一応、いろんな可能性は考えてますよ」

「それこそ占ってもらえばいいのに！」

「それは伊藤さんがいないときにこっそりとね」

かなちゃんはそう言って笑った。

「どっちみち、来年には会社が変わりますから」

「スタンド部門が子会社になるんでしょ」

今は肩を並べて酒を飲む同僚である私たちの先に、Y字路か丁字路がある。これからは別れて別の方向を目指していくことを思う。

「いえ、それだけじゃなくてもっと大きく変わると思います。ビネガースタンドは、ノアの箱船ですよ」

「どういうこと？」

「ノア以外は全部沈むってことです」

「嘘でしょ」

「社長は箱船で逃げるつもりですよ。だからおかっちをよろしく」

ええ、なんでそこでおかっちなのさ。静かにキモいとか、カモシカ男とか言ってなかったっけ？　昔は岡野さんと呼んでいたけれど、最近はかなちゃんに影響されて面と向かったとき以外は「おかっち」と呼んでいる。

＊　＊　＊

かなちゃんの言っていたのは本当のことだった。社長は会社の売却を考えていた。M＆

Aというやつだ。具体的なことはまだ、何一つ知らされていないが取締役とか株主とか、そういった人たちはもう知っているのかもしれない。私には、自分が転職していなくなるのではなくて、会社がなくなるということが想像できなかった。

初夏から夏にかけてのビネガースタンドの売上はいたって好調だった。だが需要の後退する秋冬には、ハロウィンやクリスマス、お正月といったイベントと連動する商品の打ち出しが必要だ。私はその準備に追われつつ、新店舗に関する調査も始めていた。拠点を増やしたって、元の星には戻れない宇宙船だ。鬱で倒れたり、上司といがみあったり、いろいろあった会社なのに、実は強い愛着を持っていたことに気がついた。

社長が手放すのは、会社の人材や設備資本だけではない。中にいたら見えづらいけれど、社風や理念といった精神的な部分も、会社がなくなれば滅びてしまうだろう。ここ十数年で、日本の社会が失ってしまったのは、企業しか持ち得ない良識やお行儀、そして文化だったのではないか。

パワーワードが発生したのは、まさにその時期だった。

別に珍しい言葉ではない。誰もが知ってはいる言葉。けれども、私たちの世代では身近で「直接聞いた」人は多くないだろう、そういう言葉。自然発生的にみんなが使うようになったのか、誰が言い出したのかはわからない。

ある日、バスセンターに行くと店の前が騒然としていた。ドリンクを注文したお客が、値段が高いと怒鳴っているのだった。くだらない話ではあるが、ないことはない。接客をしていた王さんが閉口していた。

「なんだその顔は、それがお客に対する態度なのか」

男性客の声が聞こえた。すると、おかっちが店から出てきて騒いでいる客の前に立ちはだかった。

「それがどうした？」

あの、ジョージア人と目があったときとはまた違うけれども、聞いた瞬間、体のなかをくるくると電流が巡りはじめた気がした。

「なんだと」

「これまでもお客ではありませんでした。これからもありません」

おかっちは、その老人に向かって静かに言い放った。

「誰に向かって口きいてるんだ。おかしいのか？」

勢いを取り戻そうとするように、老人は大きな声で「ふざけんな」と言い足した。

「もう来ないで下さい」

「失礼じゃないか。目上の者をなんだと思ってんだ」

「だから」

カモシカの陰気なまなざしでおかっちは相手を見据えて言った。

「もう一度言います。それがどうした」

数秒間、にらみ合いがあった。それから自称お客様は、

「おぼえてろよ」

と言い捨てて立ち去った。昔のヤクザ映画じゃあるまいし、生身の人間が「おぼえてろ」なんて言うのを初めて見たので私はちょっと嬉しくなってしまった。

おかっちは仁王像のように目をむいて立っていた。

野次馬が去って行った後、かれは、膝かっくんでもされたようにびくん、と揺れてから、

「伊藤、俺会社に一旦戻るわ。あと頼む」

と言った。なんだ、私が来てたの知ってたのか。

すれ違いざまに私は「かっこよかったね」と言った。ほんとうにそう思ったのだ。

おかっちが最初だったかどうかは知らない。だが、この時期から誰もが、必要と思えばいつでも「それがどうした」と言うようになった。

「それがどうした」はすべてをぶちこわす言葉だった。パンクだった。理不尽なクレームにも、無理な要求にも上下関係にも、ルールやマナーの押しつけにも有効だった。

いつからか、私たちは、職場というテニスコートで消費者や上司から言葉で強いボールを打たれたら、打ち返さないように仕込まれていたのだった。たとえきっちりといい球を

返せるケースでも、頭を下げて見逃すことがお行儀だと思っていたのだ。まったく何の根拠もないのに、人や世間から嫌われたくないというその一心で、ポイントを献上してきた。

それがどうした！　知ったことか！

私たちはフェアな試合を取り戻した。これからは強いボールを打ち合えると思った。比較されることを怖れないと思った。きちんと自分の権利を主張し、そして人間らしく扱われ、まっとうに働くことができると思った。短い間のことだったが、希望の光が差し込んできたような気がした。

もちろん正当なクレームや、建設的な意見に対してこんな言葉をぶつけてはいけないことはわかっていた。当然のことだ。だが、何が正しいのか、何が毒でないのか、線引きは次第におかしくなっていく。そして、いつでも打ち返してやるぞという「イキリ」の蔓延は、取引先との関係はもちろんのこと、会社そのものを内側からむしばみ、壊していくのだった。しかし、もうショックはなかった。もはや会社として末期の状態にあるジョルジュ食品で、良い結論を打ちだそうという者などいなかったのである。

その後のチャラ男

朝から、社内は騒然としていた。

「会見始まりますよ」

一色素子が言った。その言葉で皆は立ち上がり、ぞろぞろと会議室に入って行った。

大企業だったらテレビ会議があったり、社長の年頭の挨拶をテレビ画面で見ることもあるのかもしれないが、こんなふうに謝罪会見をみんなで見るなんてことは二度とないだろうと佐久間和子は思う。最初で最後にしてほしい。吸収合併の噂も流れるなか、このメンバーの「みんな」が揃うのだって、もしかしたら最後かもしれないのだ。

番組が始まった。初めはキーボードを叩く音、紙をめくる音が響いていたがやがて専務の今宮潔と部長の三芳道造が入室した。今宮専務なんてすれ違って挨拶するくらいで、殆ど知らない人だなと伊藤雪菜は思う。二人は重苦しく沈黙する取材陣に向かってぴったり五秒間、深々と頭を下げた。

「社長は？」

葛城洋平が聞いた。池田かな子が、

「入院中ですよ」

と答えた。困ると入院するなんて、まるで政治家じゃないかと葛城洋平は思うが、口には出さなかった。

告発されたのは個人情報の漏洩だった。カスタマーサービスや通販だけだったら、これほどの騒ぎにはならなかっただろう。注目を集めたのは二軒のビネガースタンドに新しく導入された顔認証システムの情報が、顧客情報と結びついて流出したからだった。

今日はこれ終わっても仕事になんないなと岡野繁夫は思った。スタンドは撤退か、当面休業になるのか。それにしても、部長はいいスーツ着てるなあ。どこがどう違うのかと聞かれると困るのだが、着たときのシルエットが違うのだろう。ただの濃紺でも、俺が買うようなのとは値段が一桁違うんだろうなあ。

記者会見が始まった。

「このたびの件に関しまして皆様方にお騒がせ、ご心配おかけしたとしましたら大変申し訳ないと思います」

「これ、ダメなやつじゃん」

岡野繁夫は隣に座った伊藤雪菜に囁いた。伊藤雪菜は素早く同意するように目を合わせてきた。『俺は悪くないけど、あんたがたが余計な気を回してこういうことさせてるだけであって、まあ立場上謝るけど、でも俺は全然悪くないし、なんならマスコミさんに対してはスポンサーだったこともあるわけだし』って態度だよね」伊藤雪菜が言いたいことはおよそこんな感じだろうと推測する。

「事実関係につきましては、目下調査中でございまして、今の時点で私の方から申し上げることはございません」

「それじゃ答えになっていません。御社は告発されたんですよ！」

記者の口調は圧迫面接のように、相手をイライラさせて答えを引き出すつもりなのかもしれなかった。

「もちろん、担当部署と専門家の先生方と協議しながら今後、最善の対策を誠意を持ってですね、これを迅速に」

国会中継みたいだ、樋口裕紀はあくびをした。

「そもそも個人情報の管理はどうなってるんです？　グダグダなんじゃないですか？」

「お客様の個人情報につきましては、さまざまなセキュリティ対策を行い、適切な運用を心がけて参りました。今後もさらなるコンプライアンスの徹底を心がけていきたいと各部門に働きかけていく所存であります」

別の記者が立ち上がり、大きな声で言った。

「被害を受けるのは何の罪もない消費者ですよ。その点について、心から謝罪しようというつもりはないんですか」

「ですからぁ！」

三芳道造が声を張り上げる。

佐久間和子は「もうキレた」と呟いた。

会見場の空気は凍り付いたが、会議室ではくすくすと笑い声が起きた。実はみんながこの瞬間を見るために待っていたことがわかった。

「チャラ屋！」大向こうは樋口裕紀だった。

「たっぷりと！」葛城洋平も呼応する。

テレビ画面の三芳道造の顔がアップになり、声が小型犬の鳴き声のように響いた。

「誰だって失敗はあるじゃないか。それともあんたは完璧なのか？　人生で一度も間違い犯したことないのかよ」

どよめきが起こった。

森邦敏は「おお、香ばしい。カリッカリだ」と言った。

伊藤雪菜は「専務は置物かい」と声に出して言った。

「不祥事なんてどこだって、大体全国紙だって記者の暴力沙汰とかしょっちゅうじゃないですか。権力持ってるつもりだかなんだか知らないけど、何様のつもりだよ！　だいたい下品じゃないか！」

会社は世間を敵に回してしまったな、と一色素子は思った。

世間が敵なら社内は味方なのか。違う。どれもこれも幹部の裏切りから始まったのだ。だめになった会社は内側から腐敗が進んで朽ちていくだけのことなのだ。では世界は潔白か、国は正しいのか、地域はまともなのかと言えば、どこもひどいものなのだ。

だから、対立に意味がない。

自分のいる場所が間違っている。

私が悪いということではない。間違えない人も人を傷つけない人も人に損害を与えない人もいない。しかし、この言い草は三芳部長の言ったこととそっくり同じではないか。

この会社は、漂流する筏みたいだと葛城洋平は思う。帆装もエンジンも存在せず、舵も壊れてしまった。船室はおろか風雨をしのぐ屋根すらない。でかい会社に救出され、曳航されるのを待つばかりだ。最後の壊れかたはひどかったな。

陸地は見えない。

見えないのか。見えないふりをしているだけじゃないのか、ただ筏に乗っているというだけで、こんなの海でも川でもない、ただのため池か養魚場じゃないのか。岸はすぐそこに、飛び移れるところにあるんじゃないか。

飛び出す勇気のあるひとにとっては。

電話が、まるで昭和の時代のように鳴っていた。

この事務所に固定電話が、こんなにあったのかと樋口裕紀は思った。おそらくフリーダイヤルが繋がらないためだろう、大代表だけでなく、普段は内線としてしか使われていない営業課の電話も、外線からの着信で鳴っていた。電話を取る者はいなかった。パンクしてしまったサーバーの管理者である森邦敏は怒りの肉筆を載せて流れてくる大量のＦＡＸを見て、一般家庭にまだたくさんのＦＡＸ機が存在していることに驚いていた。スマホの電源を切り損ねた岡野繁夫は顔を真っ赤にして、檻の中の動物のように行ったり来たりしながら頷いたり頭を下げたりしていた。総務の池田かな子は、受付からの内線に「対応できる人間が出社していないため、お通しできませんと伝えてください」と同じ答えを繰り返した。

殺伐とした空気のなかで池田かな子は思う。なにがノアの箱船だ。沈没しちゃったじゃないか。社長は何人かを連れて逃げるつもりじゃなかったのか。誰一人助からないじゃないか。しかもこのケース、システムや担当者のミスによる、残念だけれど悪意のない情報漏洩ではない。社長は明らかに顔認証情報と顧客情報のデータを売り渡していたのだ。それどころか悪い人たちに売るために導入した疑いだってある。しかし誰に。それがわからないところが不気味だ。そしておそらくは、解明されないということが。

葛城洋平は、喫煙所に行こうとして出て行ったが、すぐに戻ってきて社長室のドアを開け放った。

「ここでいいじゃん、タバコ部屋」

池田かな子は「マジですか」と言っただけだった。

葛城洋平にとってタバコが臭いとか、気持ち悪くなるとか、そういうことはこの際問題ではなかった。会社を汚したかった。仕返しがしたかったのだ。

終わったんだすべては。終わった。強制終了された。終わらせられた。佐久間和子は思った。

「みんなお腹すいたでしょ、買い物いってくるよ」

佐久間和子はロッカールームで、私服に着替えた。それから樋口裕紀を呼び、一緒に非常階段を下って裏の駐車場に出た。小雨が降っている。二十分ほどたって、かれらはスーパーで買い込んだオードブルやおにぎり、サンドウィッチ、ビール、清酒などとともに戻ってきた。

誰がどこから持ってきたのか、営業部ではウノが始まっていた。最初は、ふつうにゲームをしていたがやがて賭け事になった。

物流からは、直取引の店舗や代理店の社員が殺到し、倉庫の商品が引き上げられているという連絡があった。森邦敏は、まだ会社がつぶれるって決まったわけでもないのにと思う。

誰も笑わない宴会が始まった。池田かな子はヘッドホンをつけ、ＰＣ画面をゲームに切り替えた。


不機嫌な宴会の隅で、伊藤雪菜は岡野繁夫に言った。

「ゴールズワージーの『林檎の木』って小説知ってる？」

「知らない」

伊藤はそれがどれだけ自分の本質に近い、腹の立つ小説かを話した。すると岡野はこう言った。

「『たとえ明日、世界が滅亡しようとも、今日私はリンゴの木を植える』って言ったの、誰だっけ」

伊藤は首を傾げて検索した。マルチン・ルターだった。

「植えないよな」

「植えないね」

「今なってる実をとって食べるよな。あとはジャムとかにして、万一滅びなかったときに備えるよな」

伊藤は商品開発の水島主任のことを思い浮かべていた。

「新商品のビネガーフロート、売れると思ったのに、だめかもね」

「だめかもな」

岡野はそれも含めて、どこかに売る計画があるのかなと思っていた。かれは少し黙ってから、こう言った。

「後始末、終わったら一緒に温泉でも行こうよ」

「どこへ」

「どこでもいいよ。雲仙でも熱海でも」

雨が止み、二人は窓際に並んで立った。薄日が射してきた。


酒はまだ、こういうときの暴れる手段としてあるよね。タバコはもう通用しなくなりつつある。

社長室で一人、タバコを吸いながら葛城洋平は思う。

あとは何だろう、薬はまだ……あ、俺今、まだって考えたな。タバコは臭かったけどまだマシだったと将来言われる時代が来るかもしれない。今はまだ発見されていないフルーツとか貝の成分が人をめちゃくちゃにするかもしれない。人間は弱い。動物は子孫を残すために生きているのかもしれないが、人間は子孫を犠牲にすることだって厭わない。これだけは確実に言える。人間は脳からのご褒美シロップのためなら、なんだってする。生物としてありえないようなことだって。

あとは、頭を使わないこと。目的がなんであれ頭を使わない方法を覚えたら、もう絶対に使わない。バイパスが出来たら旧道の峠越えなんてしないみたいに。それがここ数年で僕が学んだこと。あまり、思ったことは言わない方がいいみたいだった。そして、社会も人間も同じことだけど、どん底まで落ちないと、底を蹴れないんだ。落ちていく途中はむなしいけれど何もできない。

おそらくこれが人類というイレギュラーな生き物の末路だ。これは、生命とか生物全体のなかでも、まったくイレギュラーなことだった。おそらくその異常ゆえに滅びることだろう。いつのタイミングかはわからない。でも個体としての我々がいつか、数十年以内に必ず死を迎えるのと同じく、そう遠くないうちに人類も滅亡するだろう。


会社員でいるということは、明確な役割で一つの時代を生きることなのだと、池田かな子は思う。ただ単に経済のふるまいに身を置くということではなく、もっと能動的なことだ。どの時代でも変わらないような生き方を選べる人なんてごく僅かだ。そういう資産と精神に恵まれた人は少ないし、そんな人達には私たちのことなんてわからないのだ。

だから「どこに所属するかを選ぶ」ということは、とても大事で、そのために努力もしてきたのだ。つまり、一つの定点観測の場を持っているということだと思う。展望台とか天文台とか、そういうものがある町みたいなものだ。

業種は問わないけれど、やっぱり会社がなくなるっていうのは、自分から文化とか教養とかそういうものが奪われることに近い。子供のころから習っていたバレエをやめるとか、ずっと好きだった相撲を見るのをやめるとか、音楽を聴かなくなるとかそのくらい重要なことだ。

＊　＊　＊

会見の翌週、三芳道造による業務上横領の疑いが、複数の週刊誌に記事となって掲載された。きっと記者たちは情報を握っていて、取引するつもりだったのだろう。その必要もなく三芳は自滅したのだが。

そのまかれは、失踪したと伝えられる。

「失踪とか言われても失笑しかない」

と池田かな子は言った。

結果的に個人情報の流出も横領事件も不起訴となった。社長の穂積典明は退任、部長の三芳道造は退職し、新社長には専務の今宮潔が就任した。

二年後、ジョルジュ食品はおおげつフーズに吸収合併された。この間に退職、転職した者も多い。

岡野繁夫と伊藤雪菜は、二人で移動スーパーの会社を立ち上げた。生鮮食品や日配食品を岡野が、冷蔵が不要な保存食品や調味料、日用品、消耗品などを伊藤が担当する。エリアマップを共有し、顧客からの取り寄せのリクエストにも対応する。

池田かな子は、退職後市議となった。市長や県知事と同じ、「新勢力」の一員だ。生活保護受給者の自立支援と民生委員の待遇改善などを政策に掲げて当選し、一期目を務めている。

葛城洋平もあっさりと会社を辞めて、跡継ぎのいなかった古い喫茶店に入り、雇われマスターをしているが、家計は妻の稼ぎに頼っているようだ。

樋口裕紀と森邦敏、佐久間和子はおおげつフーズで働いている。

社長の穂積典明は、個人情報漏洩が発覚した時点で検査入院したところ早期の胃がんと診断された。内視鏡手術、薬物治療を経て現在は療養中である。

一色素子も退職し、実家の酒屋を手伝っていた。主催したワインの会で七歳年下の市職員と知り合い、熱烈なアプローチを受けてつき合い、先頃婚約した。ちなみに婚約者は磯崎誠。父の磯崎公成は、三芳道造の妻でありおおげつフーズのオーナーでもある眞矢子の元夫である。

＊　＊　＊

個人情報漏洩問題での逆ギレ会見で一躍有名になり、その翌週には横領事件発覚で悪役を一手に引き受けたはずなのに最終的には示談で不起訴。その後、失踪したという噂もあったが、いつの間にか戻ってきていたらしい。三芳道造という男は、どこまで世の中を舐めてるのだろう。誰に話すこともなかったが山田秀樹はずっとそう思っていた。

そして望んでもいなかったのに妙なところでばったり会うことになる。誕生月に更新に行った免許センターだ。集合時間まで暇があり、逃げ場もないので、少し喋った。三芳は苦労したせいか、随分髪も白くなって、全体に脂が抜けたような感じである。それでもいきなり、

「昔のことは水に流しましょう」

なんて言うところは、相変わらずだ。

「その言い方は失礼ですよ」

と言うと、

「失礼なのは知ってます。でも、どうせ治らない」

と開き直った。

「最近はどんなお仕事を」

山田秀樹が聞くと、三芳道造は、

「筆耕」

と答えた。

「ヒッコウ？」

「賞状とか宛名書きとかの仕事です。京都で一から勉強しました。人のお祝いを美しくレイアウトして、心を込めて字を書くっていいものですよ」

山田秀樹は思わず笑いそうになったが、

「そういえば前から達筆でしたよね」

と言った。字だけは上手かった、と言いそうになった。相手も失礼だが自分も感じが悪い。

「大事なことは紙に書くのがいいんですよ。こういう時代だからこそね。それと」

三芳道造は言った。

「地味なことをコツコツやるのが向いているって初めて気がついたんですよ。こんな年になるまで知らなかった。間違ったことばかり選んでいた気がします」

「私だって間違いばっかりです」

「そう。山田さんだって、盗むより与える方があってるんだと思います」

山田秀樹は驚いて、三芳道造の顔をまじまじと見つめた。だが、そろそろ集合時間だった。かれは自分のことは話さず、

「また、三年後に会いますかね」

と言った。すると三芳は笑って言った。

「僕は五年後。ゴールドですから」

たっぷり二時間の違反運転者講習を受けて免許センターを出ると、山田秀樹は西部公民館へと向かった。かれが今、勤務している外食チェーンともつき合いのあるこども食堂の手伝いをするためである。同僚に誘われて、最初に行ったときには、こども食堂は貧困世帯だけのものだという思い込みがあった。裕福で時間のある人たちが手をさしのべるのがボランティアだと決めつけていて、自分はその立場にないと考えていた。だが二度目からは、何の気負いもなく、参加できるようになった。

山田が特に感心したのは、チケットのしくみだ。有料で食事をした人は、帰り際に貰ったサービスチケットをコルクボードに貼って帰っていく。お金を持たずに来た人は、そのチケットを使って食事をしていいのだ。有料で購入したチケットを寄付として貼っていく人もいるので不足することはまずない。無料ではないがお金を持たずに来ても困ることはない。食い逃げは成立しないし、食い逃げする人を警戒する必要もない。これまで、盗むか盗まないかということばかり考えてきた山田は力が抜けるような気がした。一瞬つまらない、という気もしたが、それよりも安堵の方が重いと感じた。この重さが自分をとどめてくれるものであり、たとえば停泊する船にとっての碇のようなものだと思えたのである。なにかを与えているという意識は、なくなっていった。掃除をして会場を設営し、料理の手伝いをして皿を洗い、ゴミを分別し、最後に掃除をする。そのサイクルのなかで無心に手を動かし、何も疑わないことが、山田にとっての充実感なのだった。

＊　＊　＊

一日の仕事を終え、ぬるま湯で筆を洗いながら三芳道造は思う。

一色さんが、眞矢子の次男の誠さんとおつき合いしていると聞いた。もちろん、一色さんとはとっくに縁は切れている。誠さんは一色さんよりかなり若い。まあ、直接会ってどうこうということはないので、あまり気にする必要もないと思うんだけど。一色さんが幸せになればいいと思う。「義理のお父さん？」なんて冷やかす山田氏のような輩は放っておけばいい。

なりたいものになるのが幸せとぼくらは教育される。子供のころから、いろんな大人に「将来何になりたいの？」と質問される。

なりたいものって、自分とかけはなれていることを描きがちだ。できることや得意なことほど、当たり前でロマンがなくてつまらなく見えてくるんだ。このロマンというのが曲者で、しかしぼくとて今だに捨てきれてはいない。

ピアニストとかパイロットとか野球選手とかケーキ屋さんとか、そういうものになれたら、嬉しいかもしれないけれど、夢をかなえて希望の職業についた喜びがずっと続く人なんていないだろう。そこにしがみつこうとして苦しむか、次々目標をたてていくのか、どうしていいかわからなくなって、犯罪を犯してしまう人だっているわけだ。

大人になれば、子供を育てたり孫の幸せを願ったりする方が、自分が何かになることよりもずっと大事なことだとわかってくる。それができなければ、人の役に立つこととか、人の喜びを支えることとか、あるいは道路や橋を造ってそれがずっと残るとか、そういうことは出世して認められたいとかモテたいとかより尊いなあとわかってきたんだ。

ぼくにとっての最重要課題は二つ。ひとつは自分自身がちゃんと幸せをうけとめること。そしてもうひとつは眞矢子を幸せにすること。

幸せになるために生まれてきたのに、選んできたのは間違いばかりだった。山田さんは、人間というのはそういう生き物だと言った。才能がなくても、大失敗をしても、希望がなくても、それでも人は愛されたい。そして、生きていかなければならないんだ。

チャラ男というのは、そういうことがわかる前段階なのかもしれない。ぼくはずっとチャラいと言われていた。自分がどうなりたいのか、さっぱりわからなくて、自信がなかったんだ。でも、人に見下されるのはいやだと思って、とりつくろったり、相手を否定したりした。でも、そんな人はきっとぼくひとりではない。別にぼくは特別な人間じゃない。何をしてもしっくりこなくて、間違った選択ばかりして苦しんでいる、チャラ男はいつの時代でもどんな国にも、どこの会社にもいるのかもしれない。生きるということはプロセスだ。つまり誰にでも「その後」はあるということなのだ。

絲山秋子（いとやま・あきこ）
一九六六年東京生まれ。早稲田大学政治経済学部経済学科卒業。住宅設備機器メーカーに入社し、営業職として福岡、名古屋、高崎などに赴任。二〇〇一年退職。二〇〇三年に「イッツ・オンリー・トーク」で文學界新人賞、二〇〇四年に「袋小路の男」で川端康成文学賞、二〇〇五年に『海の仙人』で芸術選奨文部科学大臣新人賞、二〇〇六年に「沖で待つ」で芥川賞、二〇一六年に『薄情』で谷崎潤一郎賞をそれぞれ受賞。他の著書に、小説『逃亡くそたわけ』『エスケイプ／アブセント』『妻の超然』『末裔』『不愉快な本の続編』『離陸』『忘れられたワルツ』『夢も見ずに眠った。』、エッセイ『絲的メイソウ』『絲的サバイバル』『絲的ココロエ「気の持ちよう」では治せない』などがある。

初　出　「群像」二〇一八年五月号〜二〇一九年八月号

御社《おんしゃ》のチャラ男《お》

二〇二〇年一月二十一日　第一刷発行

著者　絲山秋子《いとやまあきこ》

発行者　渡瀬昌彦

発行所　株式会社講談社
一一二―八〇〇一　東京都文京区音羽二―十二―二十一
［出版］〇三―五三九五―三五〇四
［販売］〇三―五三九五―五八一七
［業務］〇三―五三九五―三六一五

印刷所　凸版印刷株式会社

製本所　株式会社若林製本工場

ISBN978-4-06-517809-6